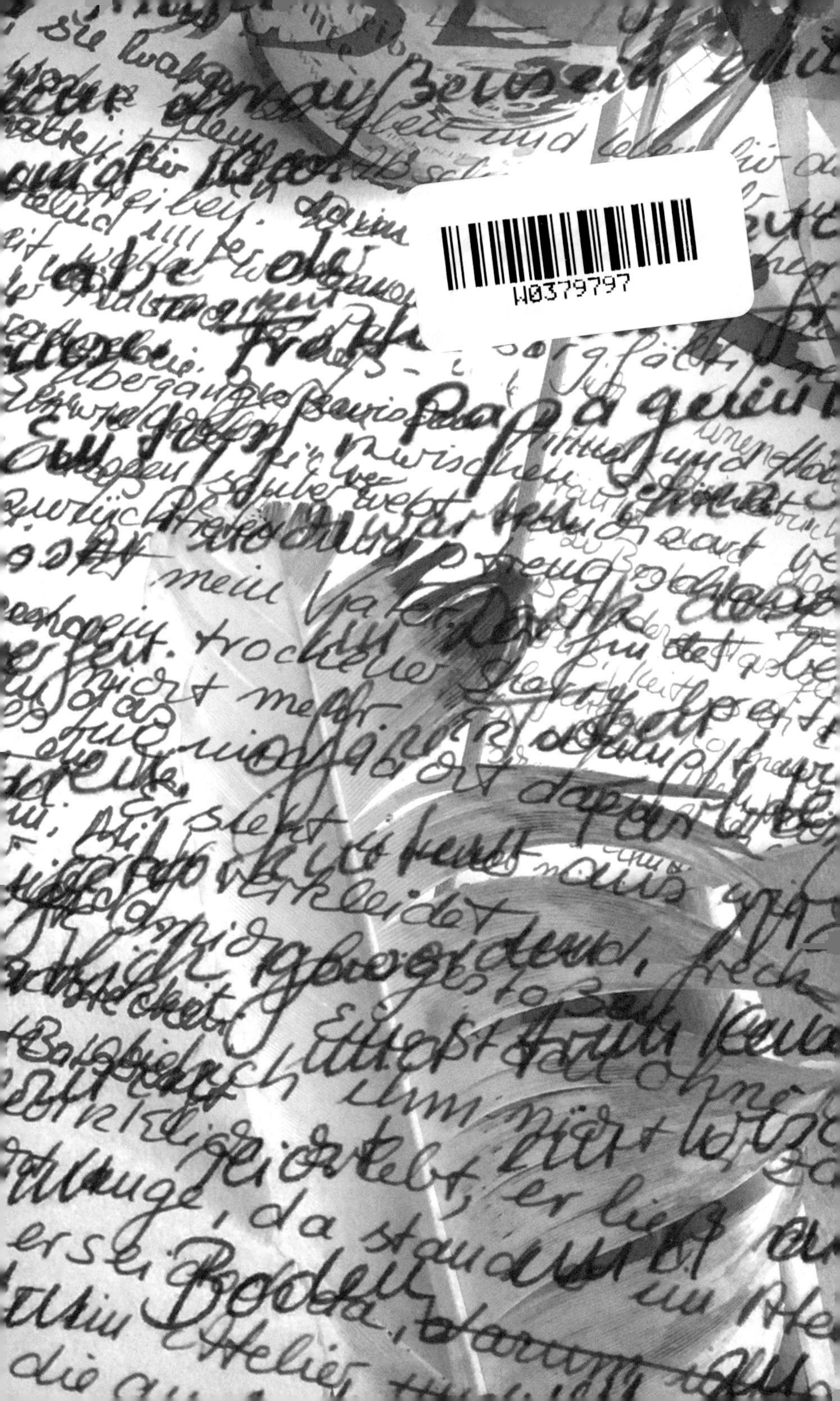

MAF RÄDERSCHEIDT

DIE KÜSSE DER FARBEN

Eifelbildverlag

Impressum

Text: Maf Räderscheidt

Lektorat: Stephan Everling mit Rosa Räderscheidt und Claudia Meyer

Layout & Gestaltung: Björn Pollmeyer

Titelgemälde & Zahlen: Maf Räderscheidt

Foto: Sven Nieder

Gedruckt in der Europäischen Union, Finidr, CZ

1. Auflage 2017

Eifelbildverlag, Daun, www.eifelbildverlag.de

ISBN 978-3-946328-24-7

DIE KÜSSE DER FARBEN

»Den Löwen meines Herzens gewidmet«

Mein Dank gilt

Stephan Everling
für die Domptur meines Wortkarnevals

meinen Ko-Lektorinnen
Claudia Meyer und Rosa S.C. Räderscheidt

sowie

Sven Nieder,
der erste, der sich vollmutig zu meiner
Erzählung bekannte

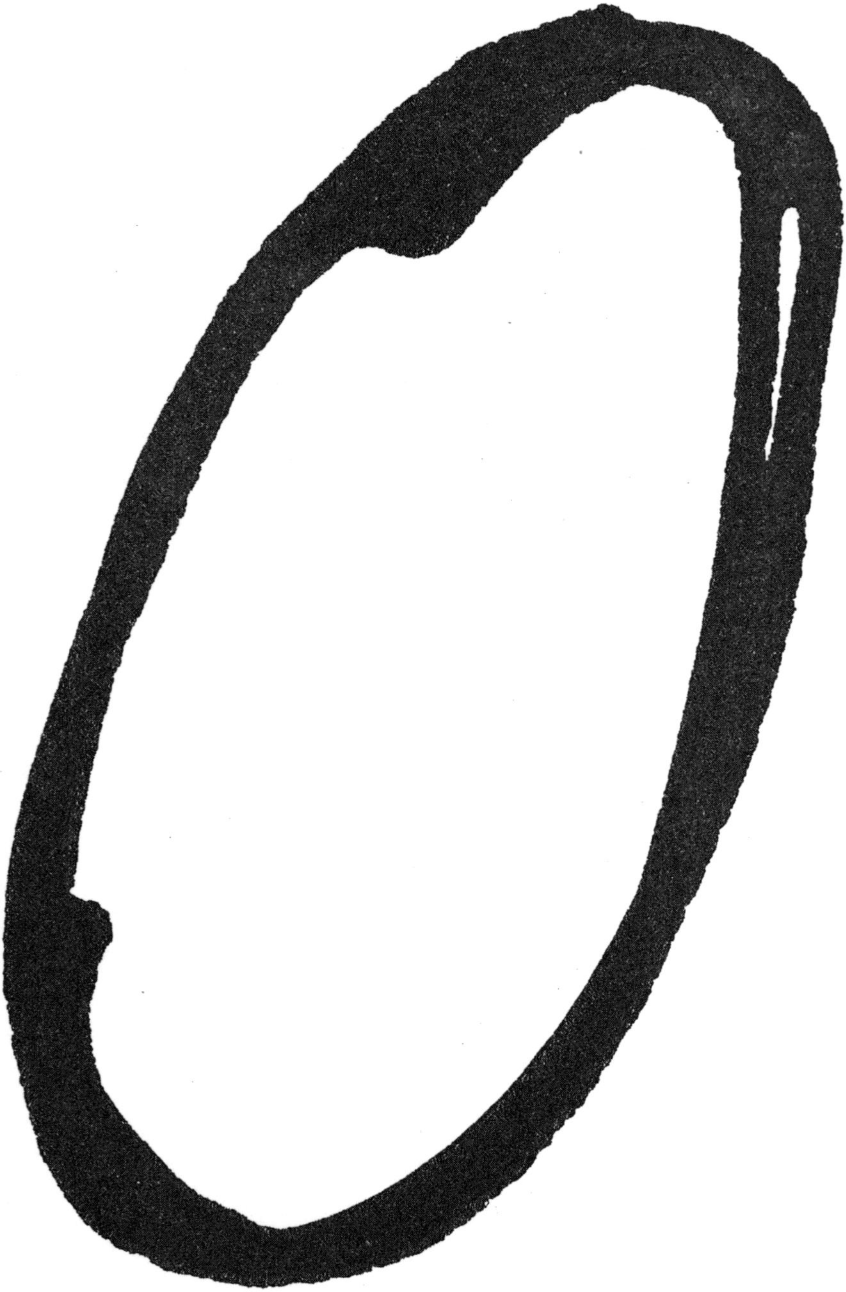

Ein Licht –
Eine Farbe –
Ein Pinsel –

Es braucht so wenig, um sich auf das Abenteuer Malerei einzulassen. Eine Welt entstehen zu lassen, die den Zauber des Ungesagten trägt und die Magie des Unbewussten. Gedanken Gestalt zu geben, die sich von den Höhen des Geistes in die Abgründe der Seele stürzen, die loben, herzen, schmeicheln, um im nächsten Moment unnachgiebig zu verletzen. Dinge zu sagen, die nicht gesagt werden dürfen. Wege zu zeigen, die nie begangen wurden.

Es gibt Menschen, die machen keine Kunst, die sind Kunst. Maf Räderscheidt ist so eine. Was sie in die Hand nimmt, wird einzigartig, wird Kunst. Einen Schrank mit einem Exzenterschleifer von der Farbe befreien? Stattdessen entsteht ein Paar, das durch die Nebel der englischen Moore tanzt. Ein Bild mit der Post versenden? Mitunter hängen die überraschten Adressaten die gerahmte Verpackung neben das neu erworbene Gemälde, so außergewöhnlich ist sie.

Und das alles ist keine Attitüde, es ist echt, es ist authentisch. Es ist gelebte Realität im Alltag, wie ich oft und mit nie enden wollender Faszination erlebe. Es ist Konsequenz in Stil und Wahrnehmung und hat nichts mit der so oft künstlich zelebrierten »Kreativität« zu tun. Es ist ihr Leben, jederzeit und immer.

Es dürfte kaum ein künstlerisches Genre geben, in dem Maf Räderscheidt nicht ihre Klasse bewiesen hat – Radierung, Videos, Performances, Skulpturen, Installationen, Aquarell. Hier beweist sie die gleiche Souveränität wie ein Musiker, der ohne jahrelange Übung jedes Instrument zu spielen vermag. In ihrer Vita weist sie eine Vielzahl von Einzel- und Gruppenausstellungen aus.

Die Selbstverständlichkeit, mit der sich Maf Räderscheidt auf der Feld der Bildenden Kunst bewegt, wurde ihr in die Wiege gelegt. Die Geschichte ihrer Großeltern, des Künstlerpaares Marta Hegemann und Anton Räderscheidt, ist oft beschrieben worden. Es waren die Jahre nach Ende des Ersten Weltkrieg. Dadaismus, Surrealismus und Neue Sachlichkeit veränderten die Sichtweise der durch die Kriegsschrecken traumatisierten Generation. Auch die politischen Auseinandersetzungen in den Zwanziger Jahren prägten prägten die Bilder der jungen Künstler in Köln. Wilde Künstlerparties am Hildeboldplatz, die Armut und die Freiheit des Daseins in der Freien Kunst lebten auf in den Erzählungen des Sohnes Johann, Mafs Vater.

Eine solche Familiengeschichte ist Bürde und Geschenk gleichermaßen. Maf Räderscheidt nutzte sie als Starthilfe in ein Leben, in dem die Bildende Kunst und soziales wie politisches Engagement eine Einheit bilden. Auch dort verwischen sich die Grenzen. Tierschutz, Flüchtlingshilfe, Umweltschutz, Behinderte, Senioren und Kinder haben einen vergleichbaren Stellenwert für sie. Ungerechtigkeiten und Benachteiligungen wecken ihren Kampfgeist.

Ihr Studium an den Kölner Werkschulen in den Siebziger Jahren schloss Maf Räderscheidt mit dem Titel einer Meisterschülerin ab. Die ersten Ausstellungen waren kleinformatigen Radierungen gewidmet. Ihnen folgten großformatige Schwarz-Weiß-Zeichnungen, Arbeiten mit Pigmenten und, etwa seit der Jahrtausendwende, die altehrwürdige Ölmalerei. Wer allerdings ihr Oeuvre über die Jahrzehnte verfolgt, wird eine überraschende Einheit in ihrer figurativen Bildsprache von der ersten Graphik über die Skulpturen bis zu den aktuellen Arbeiten entdecken.

Natürlich kostet diese Unabhängigkeit ihren Preis. Doch für Maf Räderscheidt ist die Freiheit ein Wert an sich. Denn

»Nichts als die Malerei« ist für sie mehr als eine schicke Postkartenphrase. Und so begibt sie sich auch nach 50 Jahren im Atelier immer noch tagtäglich mit nie endender Freude auf den Tanzboden ihres Kunstschaffens. Denn Malerei, so sagt sie und so lebt sie es, ist der Tanz des Pinsels mit dem Licht.

Stephan Everling

1

Der Tag erwacht.

Der Tag, der Morgen.

Das Bewusstsein setzt ein, manchmal in lustvoller Zartheit, dann in schonungsloser Klarsicht. Irgendwo zwischen Erschrecken, Einsicht und Farbwelt, noch trunken vom Träumen. Die Landschaft scheint sich im Dunkel draußen zu räkeln, der Kater am Fußende des Bettes gräbt mit nadelspitzen Krallen die Landkarte seiner Bedürfnisse in meine Fußsohlen. Bedeutungsschweres Hundegähnen hinter meinem Himmelbett, auf dessen Pfosten noch Träume, Alp und Visionen der Nachtgespenster hocken, rülpsend, pöbelnd, nasebohrend.

Der Radiowecker ist außer sich, bewirbt mich rauschend und quiekend, hat immer eine schlechte Nachricht, immer eine böse Kunde für mich im morgendlichen Angebot. Frösteln Sommers, frieren im Winter, eisiges Entsetzen köchelt meine Sinne gar ...

Einer nach dem andern: wach!

Krieg in der Welt. Uneinsichtigkeit bei den Nachbarn, in der Welt und Gier nach Gewalt riechen böse, während unter der Decke noch die Lust am Verdrängen lockt.

Nein. Es kommt Tag. Gnome, Geister und Erinnerungen aus Träumen zurück in ihre Zwinger, die Gitter zu, die Fenster auf. Es ist jetzt Zeit zu handeln. Der Eifelbauer lässt den Traktor an, heute wird er wieder ausfahren. Gülle in Hülle und Fülle ausbringen. Heute werden Bienen sterben. Werden Windräder die Vögel angreifen. Jäger in diesen Minuten ihre automobilen Schlammspringer mit blutigen Lasten erloschenen, geopferten Lebens durch den Wald treiben, satte, gefräßige Motoren, und überhaupt, ich höre schon, Autos, von Zündschlüsseln motiviert, rotieren enervierend, und der Geräuschpegel schwillt an, die Stille verstummt.

Draußen ejakuliert die Mobilität voll leidenschaftlicher Hingabe, draußen, wo ich hinter dem Gewese die Wesen weiß.

Die ersten Sirenen vom Berg gegenüber, der sich weit hinter meinem Schlafzimmerfenster erhebt und jetzt noch in blaulila Schatten lagert, und nein, keine liebliche singende Schönheit mit ihrer Leier, sondern Feuerwehr, Notarzt, Rettungswagen.

Es ist die Straße, die ihre Opfer fordert. Bevorzugt verschlingt sie Motorradfahrer, aber wählerisch ist sie nicht. Manchmal frisst sie Familienfahrzeuge, ein junges Reh zum Dessert, dann wieder einen Radfahrer. Die Hauptmahlzeit sind schnelle Motorräder, die laut jaulend durchs Tal röhren, brünstig nach ihrem eigenen Blut heulen beim großen Überlebensroulette.

Das Salz der Tränen der Trauernden bildet den Passepartout, für Drängler unsichtbar, dauerhafter jedoch als alle Kreuze. Irgendwo leuchtet bald das Blaulicht vom Rettungswagen des Roten Kreuzes, das rhythmisch die Szene ausleuchtet. Vielleicht nimmt gerade der Polizei-Hauptmeister ein Handy von der Straße auf, das einen Anruf meldet. »Mama« steht auf dem Display. Der Polizeibeamte steckt es seufzend in eine Plastiktasche, denn Mamas Junge, zu seinen Füßen, ist tot, klemmt zerschnitten unter der Leitplanke. Er wird nie mehr antworten. Der Polizist arbeitet weiter, und die Dunkelheit wird transparenter, gibt Blicke frei, leider.

Und ich? Ich plane zu erwachen obwohl mich das Unglück gegenüber unbewusst schon berührt, das Ahnen von Drama, wenn die Lichter des Rettungswagens verlöschen, weil die Notwendigkeit zur Eile mit dem Lebenslicht erloschen ist, obwohl der technische Hilfsdienst erst kommt.

Im Morgennebel.

Gestalten, wo alles alles sein kann. Freundin, Mörder, Holz oder Hacke, bizarre Formen, die sich auf Nebelschleiern spreizen und in weichen Tropfen tauen, ein Vexierbild unseres Gewissens. Momentaufnahmen von Besinnlichkeit.

Sie alle werden sich im Tageslicht zu vollenden wissen. Sie alle werden sich preisgeben, anpreisen als Wirklichkeit, wenige werden hinsehen.

Aber jetzt, genau jetzt stehen die Eifelfotografen bereit, das Versprechen ihrer Verheißung zu bannen. Jetzt lauern sie, warten staunend über so viel Schönheit in Geschenkfolie, kitschig, glamourös, glitzernd oder in Spitze, noch im Negligé im Nebelschleiertanz, auf den Moment, wo sie auf den Auslöser drücken und den Zauber des Lebens totfahl zerstören.

So viel Anmut tut weh, so viel Schönheit ist den Menschen nicht zumutbar. Wir ertragen die Perfektion nicht, das Genie ängstigt uns, und zuviel Gutes muss immer der Vermarktung dienen. Das scheint nicht nur Eifelgesetz zu sein, sondern Teile des menschlichen Gens zu diktieren. Ist die Aussicht schön, muss ein Luxushotel, am besten, damit es sich lohnt, gleich ein ganzes Wellnessdorf erbaut werden. Ist der Wald zu schön, muss er von Leuten zu durchfahren, zu durchloipen, zu durchmessen, schlicht: konsumierbar sein. Und vor allem Jagdrevier. Der Baum, der Pilz, der Douglasiensaft, das Reh, das Mufflon, jeder Pelzträger dieser Schöpfung beweist so den Eigenwert, Schönheit ist der Werbeaufkleber, nicht sich selbst.

Der Mensch sinnt über Bauland, während irgendwo eine kleine Rotte noch lebender Wildschweine auf geradezu sexy Hufen schleunigst dem neuen Tag ins Dickicht zu entfliehen sucht. Wer will mit? Zum warmen Erdreich, zu weichen Moosen und Familienverband? Alle, sie streben weiter, ihr Überleben ist, nicht das Geheimnis zu lüften, die Tiefe zu erfahren, sondern den Kopf in die Wolken unter den Wurzeln, Flügel, über denen die Nebel vom Feinstaub beben und der Aufforderung zum Konsum, die mir immer noch schrill in die Ohren kreischt.

Das Schloss über mir wirft sein Nebelnachthemd ab. Kaffeemaschine, Katzen fauchen. Draußen fragen Vögel nach dem Tag, drinnen verstecken sich die Socken. Draußen reden sie von Hass und meinen Gier, drinnen wär ich gerne lieb gewesen.

Auf in Eisnebelwolken gekleideten Bergen reitet die Fantasie hinfort, deren Spitzen in Lichtmuster zerfließen, wie Tinte, die im Aquarell vergeht. Zartes Glitzern nimmt mich gefangen. Die Lieblichkeit wird zerschnitten von den Schattenstreifen der Jalousien, denn der Tag, wie immer, drängt. Er treibt zu Handlung und Eile, grob und vehement. Es wird, was immer auch geschieht, ein Tag, und die Wasserspeier am Kirchturm pfeifen darauf. Ihre Natternköpfe, Teufelsfratzen und Drachenmäuler treiben die Fledermäuse ein. Krähen, Tauben und Dohlen fliegen im Wechsel, erheben sich in die Schleier aus Nebel und Kaminrauch, trunken von Tau.

In der Stadt sind die letzten Säufer mittlerweile auf dem Heimweg, und der Geist der Gleichgültigkeit bedeckt sich mit Morgendunst aus den Kanaldeckeln, den Korken der Unterwelt. Gleich ist der Tag eingelärmt, die Nacht zum Wunsch, zur schönen Erinnerung geworden, die immer blasser wird und mit den Morgennebeln verfliegt.

Jetzt.

Unaufhaltsam erhellt er die nächtlichen Illusionen zur Leere. So viele Jahre, mit dem Pinsel als Florett auf den Barrikaden, auf dem spiegelnden Parkett Hoffnung, um hier und jetzt zu ahnen, dass es anders, ganz anders werden wird. Noch einmal ganz, ganz fest die Augen schließen, in die Wärme tauchen, als gäbe es ihn nicht, den Morgen.

Vor sich selbst die Schläferin mimen, als wäre dort kein Tag. Selbstbetrug üben. Ausschließen, was wichtig ist. Da draußen der allgegenwärtige Krieg, der sich wie ein Netz über die Weltkugel zieht, als zeichne er neue, blutige Breitengrade auf den Globus. Nicht in die Gesichter blicken müssen, die mich aus den Nachrichten im Fernsehen angeblickt haben, flehend, von Menschen, die frieren, die klagen, zu Recht verzweifeln.

Schier endlose Karawanen von Tieren, die wir bald grausam schlachten werden. Viele tausend Geschöpfe, mehr als wir verdauen können, stets bereit, sie unter einer stinkenden Geruchsglocke aus Blut und dümmlicher Grausamkeit in der sich senkenden Katastrophe zu entsorgen, ohne Gewissen, wissentlich. Eine Diktatur der Dummheit, die Übermacht der Gleichgültigkeit, die seit Jahrtausenden Stärke und Macht als Gottheit verehrt, um selbst nicht denken zu müssen.

Unter der Biberbettwäsche, hinter den zusammengelegten Lidern, soll die Wirklichkeit mich lassen, da hascht das Hirn noch nach tröstlichen Traumfetzen, sonnen sich Schenkel warm an Schlafmief, bevor sie später im Schnee frieren oder die Zeckenbrücke zwischen Wald und Bauchnabel spielen werden. Die Zehen winken in Freiheit, denn das Leben kann so schön sein in der Geborgenheit.

Leben auf dem Land. Für immer die müden Schultern ohne Last auf glatte Laken gebreitet, böse Erinnerungen, gekreuzigt. Den Rücken freigehalten.

Aufstehen wird nicht leicht werden, meldet mein Gewissen. Bilder stören die Ruhe, immer Bilder.

Die Autowerkstatt. Ölverschmierte Hände, die artikulieren, bedauerliches Erklären, bedenkliches Wiegen von Mechanikerköpfen vor dunklem Hintergrund, unter dem aufgebocktem Vehikel meiner Freiheit inszeniert, während im Hintergrund adrette Damen in einem Glaskasten vor Computern mit abwesenden Blick an grünlichen Bildschirmen haften. Die neuen Karossen, die Alleen in der Halle bilden, sind nicht dafür gedacht, Farben oder Fundtiere zu fahren. Sie nutzen als funkelnder Besitz den Benutzern, riechen nach Neu und Chemie und Bewunderung, tragen Schilder mit vielstelligen Zahlen an der Windschutzscheibe, bei mir ist es ein Steinschlag. Und die Bremse, die der Aufmerksamkeit bedarf.

Dann taucht das Bild des Zahnarztes auf, der meinen selbstbetrügerischen Rückzug kopfschüttelnd stört, während seine hellen, wissenden Augen in der dunklen Ruine meines Mundes auf Streife gehen. Die Szenarien, die im Erwachen auf mich einstürmen, eine wahre Pandorabüchse schlechter Geschichten, werden selten so grausam Wirklichkeit wie erwartet. Meist sind sie schlimmer.

Wenn ich erst da draußen sein werde, dann werde ich sie alle weglächeln oder wegmalen, nicht wahr? Ja, ganz sicherlich werde ich das. So glaube ich, in der Höhle des Schlafes die Sicherheit unter meiner Bettdecke eingefangen zu haben. Und ich habe Recht. Für diesen Moment der Selbsttäuschung ist diese Warnung für einen Augenblick eine Ewigkeit im Schlaf.

Noch werfe ich das Lasso nach den letzten Träumen, noch suche ich das Ende des Fadens meiner Traumgewebe, die sich so weich angefühlt haben, mit all meinen Liebsten in nie endenden Räumen. Die im Nirgendwo, in Kuckucksnestern, Bunkern, Pavillons oder Luftschlössern die Lösung für alle meine Lebensprobleme zu bieten schienen, all die kleinen und liebenswerten Gefängnisse meines Geistes mit fröhlichen Melodien zum Tanz führten, wenngleich mir die Bedrohung schon auf den Fersen folgte.

Ich war das Wild auf der Treibjagd meines Lebens. Ich war es selbst, die kleinen, bunten Hufe in eisernen Fangeisen, im ewigen Traum meiner eigenen Gemälde plötzlich freigelassen.

Keine Gnade, festklammern geht jetzt nicht. Verwöhnt von meinem Mut wage ich mit offenen Augen unbequeme Schritte in den Tag. Draußen weht der Wind die Wärme weg, fröstelt das Licht silbrig auf und ab, flaniert durch die Schatteninseln des Morgens. Düstere Douglasienzweige drohen herein, viel zu nah, unberechenbar. Sind sie bei dem Sturm letzte Nacht wieder auf das Dach geweht worden und haben die Schindeln zerschlagen, so dass der Schnee oben auf dem Dachboden auf meine Schätze rieselt? Die Bücher, alte Kleider, Kunst, Kuriositäten und Koffer, dazwischen türmen sich die Landschaften kalter Kristalle. Der Gedanke friert mich, und ich kleide mich an.

2

Meine Arbeitshose ist mein erstes Gemälde am Morgen. Sie erzählt mir von gestern, so lange die Morgendemenz mich noch lähmt. Orientrosé und Brillantgrün, was haben sie bloß mit meinem lieben Neapelgelb angestellt, und welche Rolle spielte dabei das Echt-Orange mit diesem kalten Kadmiumgrün?

Das Staunen über Farbsprenkel, die von gestrigen Bildern grüßen, macht mich wach, ruft mich zur Arbeit, und es beginnt mir zu gefallen. Die hartgetrocknete Hose will bestiegen werden, ich lasse mich darauf ein.

Es wird vorstellbar in diesem Moment, dem Tag zu begegnen. Das lässt mich mit Holzscheiten beladen nach unten ins Atelier steigen. Von Neugier geweckt, folge ich dem Geruch nach Leinöl und Malmitteln, höre schon das Gezwitscher der kleinen Papageien. Auch die Hunde tapsen hinter mir die Treppe herunter. Es geht gleich los, ein Fest, ein Abenteuer, eine Komödie, das Drama, die Geschichte, die niemand glauben würde. Nüchtern, trocken, kalt tanzen meine Füße in den Tag, holen aus und schleifen durch weiße Wolken weichen Hundehaares über das Atelierparkett, als forderten die Hunde zum Tanz auf .

Vielpfotig wird der Nacken geschleudert und gejuchzt, der kleine Hund hopst und umkreist mich, aus dem Radio schneidet eine Geige das Passepartout für den Tag, den ich, wie jeden Tag, fürchte. Ich feiere allmorgendlich die Auferstehung, das Bezwingen meiner Angst, es lohnt sich. Wir feiern jaulend, johlend, springend und krächzend, jubelnd und tänzelnd das Tageslicht, das feierlich die Pinsel zum Tanz auffordert.

Doch noch ist es nicht soweit, tapfer will der Start begangen werden.

Die Schildkröten rumoren zum Ausgang, die Katzen dehnen und strecken ihre Vorfreude. Mir bleibt nur das Lächeln als Lebensinsel ins Gesicht graviert, wie anders sonst sollte ich meine Mitfreude feiern.

Ich leine die Hunde nicht an, es widerstrebt mir. Sie kannten zu wenig Freiheit, bis sie in meine Obhut reisten. Zunächst muss ich schauen, ob wir sicher sind, vor Menschenpatrouillen, Spaziergängern oder Wanderern, die schon mit Fotoapparaten vor der Burg Aufstellung genommen haben. Am Schloss vorbei zu gehen ist die einzige Herausforderung der Wirklichkeit an diesem Morgen, denn sie haben ein Altenheim ins Schloss gepflanzt, in dem die Alten, Behinderten und dementen Menschen endgültig abgestellt wurden. Den steilen Berg, mit altem Kopfsteinpflaster belegt, werden sie nie mehr zur Freiheit bezwingen. Ihre Betreuer rasen dafür gerne mit ihren Autos den Berg auf und ab. Sie tragen einen gehetzten Gesichtsausdruck, ihre Handys, und umklammern das Steuer mit gleichgültigem Blick, so, als kämen sie zum Sterben zu spät.

Es gilt, die Lücke zwischen den einzelnen Arbeitsschichten zu berechnen, dann ziehen wir als kleine Prozession hinauf in die Wälder. Einen Augenblick lang schließe ich die Augen, um das Licht einzufangen. Es ist so ehrlich wie unglaubwürdig, hinter milchigweißen Nebelschleiern, plötzlich goldgrün; mit gelborange färbt es Wipfelinseln kitschig Gold, was mir von einem kommenden Sturm erzählt. Zu meiner Rechten verschwindet es in graulila und blau, zur Linken ist es babyrosa, es lässt mich jauchzen vor Glück.

Wie kann ich so glücklich sein, wo ich doch so traurig bin? Wie kann ein trauriger Mensch so unendlich viel Glück empfinden? Zu wissen, was jetzt alles geschieht, hier und anderswo, es deutlich zu sehen, alptraumhaft bizarr, einem Gemälde von Hieronymus Bosch gleich. Nur nicht fiktiv. Die Bilder, die ich gestern gesehen habe, lassen mich nicht los. Filme von Flucht, von Verfolgung und Tod, sinnlos in den

Wellen, in denen sich sonst eingeölte Touristen entspannen. Das Grauen ist nicht mehr zeitversetzt weich, sondern trifft uns unvermittelt aus der Wirklichkeit, so dass wir uns nicht wehren, nicht wegschauen könnten, verdrängen möchten. Und doch ist nichts mehr, wie es war. Wie also kann ich fröhlich durch mein Leben tanzen auf dem Hochseil, das mein Zuhause ist? In meiner Malerei bin ich sicher, geborgen von mir selbst. Da erwarten mich die ziselierten, wässrigen Ausläufer auf ihren Büttenbetten und verlangen nach Farbfutter.

Sie wollen ihre Nahrung hier und jetzt. Sie zu sättigen ist mein Beruf. Was also hat die Angst zu suchen in meinen leinölverschmierten Tuben? Es gilt, dem aufrichtigen Pfad nicht abtrünnig zu werden, der eigenen Treue zu folgen. Und dabei will ich sie doch lachen machen, die späteren Betrachter. Ich will sie mit schmatzenden Pinselmäulchen wachküssen, saftig und sinnlich orgiastisch befriedigen, Lust machen, immer mehr und höher fliegen, bis es nicht mehr weitergeht. Und droben, im Adlerhorst voll gefährlicher Leidenschaft, da will ich sie hinunter blicken lassen auf eine Wahrheit.

Es darf auch ihre eigene Wahrheit sein. Es gibt kein Diktat, die Anarchie bleibt. Aber ganz kurz einen Augenblick Hölle schauen, verstehen machen, worauf sie achten müssten. Wenn sie weiter lachen wollten, ich will ihnen nichts Böses. Vielleicht ein bisschen rütteln, schütteln, ihr Sehen verdrehen, einmal auf den Kopf kippen. Und dabei ist es eine traurige Tatsache, dass sie es gar nicht sehen werden, vielleicht nie.

Eines Tages werden Leute auf virtuellen Flohmärkten meine Bilder der Rahmen halber anbieten. Und wenn ich den Rahmen wegließe? Wäre dann die Absurdität des Unterfangens perfekt? Vielleicht sieht es kaum jemand, aber ich werde alles versucht haben, mit allem, was ich kann – Malen.

Inzwischen hat mich der frische Morgen aus den Grübeleien gerissen und zeigt mir das Glück. Wege ohne Flucht. Im

Lichttunnel reifgepuderter Halme, schwülstig quellend aus gefrorenen Schlammkronen. Spuren der Waldtiere, die sich selbst folgen, wie die nachdenklichen Blicke meiner Hunde. Weite statt Enge. Luft statt Staub, und dann der Himmel über der Eifel: eine Palette des guten Geschmacks. Silbrig gesäumt, gold unterlegt oder geädertes Delfter Blau auf hellen Wolken, rosig getupft. So viel Kitsch klingt gefährlich, so viel Süße betäubt. Aber das Paradies ist nicht nur irre wie ein Eifelhimmel. Eine Landschaft ist immer schwanger.

In jedem Baum ruhen Raupen, bereit, sich zu verpuppen, damit daraus ein neues Wesen entsteht. In der Erde, in den Wurzeln, in den Keimen, den Samen, überall ist ein stilles Wachstum. Selbst im Modern von vergessenem Brennholz erwachsen Pilze, junges Leben, neue fruchtbare Erde. Die ganze Landschaft erschließt sich mir immer wieder als ein Wunder. Ein Säen, Befruchten, Reifen und Sterben im immerwährenden Fortlauf, es mahnt zu einer Art Andacht, in der auch mein Verstand erwacht, während die Fantasie noch weit schwingend über Tälern und Hügeln ihren Blick schärft.

Stets begleitet mich ein Staunen über diese Wunderwelt, das täglich, stündlich und zu allen Jahreszeiten eine wechselnde Farbe trägt. Was für eine Kraft die Lehrmeisterin Natur schenkt, mögen Waldarbeiter und Künstler ahnen. Wenn ich den freudig wedelnden Hundeschweifen wie in Hypnose lächelnd folge, die hinterhersteigende Katze in Spannung begeistert, empfinde ich die Demut eines unendlich reich Beschenkten. Und eben, jetzt gerade, schlüpft irgendwo ein Kuckuck verhängnisvoll zwischen seinen Ziehgeschwistern, wird ein Füchslein geboren, seilt sich die erste Raupe ab, in dieser schwangeren Bühne Leben.

Am Paradiesrand ruht eine Blindschleiche, erfroren in frostiger Starre, stehen Hochstände auf selbstgerechten Stelzen schamlos über Luderplätzen. Polnische Pilzsammler mit Plastiktüten streifen in Gruppen durchs Unterholz. Selbst der Himmel des Paradieses zeugt mit weißen Langzeitfürzen vom Touristenwahnsinn, der Himmel ist ein Netzwerk der Bedenklichkeiten.

Unten, in den Niederungen kreuzen Jäger in Geländewagen, die gemordete Fracht zum Ausbluten auf den Eisenträger geworfen, auf den Auspuff tropfend. Inwendig ist das Auto rein und außen meistens grün. Kein schönes Grün; in meinen Bildern taucht es niemals auf. Leider nur dort. Grüne Bilder seien hässlich, heißt es, aber ich habe von den Wiesen und Wäldern Grün geklaut und verwendet, das zum Niederknien schön war, denn das Auge ruht so gerne im grünen Bad. Doch die Autos von Jägern sind nicht gemeint.

Die Luft kurbelt meinen Kreislauf an. Jetzt beginnt mein Gehirn zu erwachen und besinnt sich. Es ruft den Terminkalender auf und erschreckt mich damit, dass heute Abend die Wahrheit meiner Arbeit mich in eine der Situationen treibt, die ich am liebsten vermeiden würde. Jubeltage sind die, an denen nichts an mein Gewissen pocht oder, was genauso gut ist, sich einfach verdrängen ließe. Mit bangem Klopfen im Bauch schiebe ich die Erwartung der späten Stunden in die Ferne, da sie mir das Denken zu verstopfen droht.

Der Wald öffnet sich in die Weite, die Blicke fliegen in Augengeschwindigkeit bis in die Ardennen, zum Horizont, folgen dann Spuren von Greifvögeln und beruhigen sich wieder. Was zu sehen ist, was vorstellbar, was Wissen und was Panik bedeutet, bildet das Kaleidoskop meines Sehens. Es ist schön, anstrengend, grausam, Vexierbilder im Schüttelglas.

Der weiße Hund hat sich grüne Augenbrauen erwälzt und lacht, die andern umkreisen sich selbst und zeigen mir Hundefreuden bescheidener kleiner Freiheiten: Wie, Du darfst sein, ist das nicht wunderschön? Umgestürzte Baumstämme in Umbra vor dem glänzenden See; es gibt Krafttiere, gibt es auch Kraftlandschaften? Dies wäre die Meine ...

Inzwischen ist es lichthell geworden, was meine innere Farbsirene aufheulen lässt. Im Stechschritt heim in die Katzenfutterküche, in das Diktat von Zahnbürsten, den Kampf mit Kämmen.

Und dann, endlich, zu Hause in meiner Welt. Wenn ich aus dem Kellergewölbe steige, wo die Tiere gefüttert werden, betrete ich das Atelier, meinen persönlichen Olymp. Leicht verwinkelt hohe helle Räume, über meiner Heimatstadt thronend. Drinnen hängen überall Bilder, übereinander nebeneinander miteinander im Gespräch. Es sind die, die sich weigerten, im Bilderlager zu verstauben, um auf Ausstellungen zu warten, aber sie haben schon viel von der Welt gesehen. Die Daily Paintings an der Westwand kamen alle aus Bristol in liebloser Verpackung zurück und mussten restauriert werden.

Andere sind zu intim, um zu Ausstellungen zu reisen und gezeigt zu werden. Eines zeigt das Sterben meines Vaters, der fast anmutig kniet, während ein großer Schmetterling seiner Brust entsteigt. Leicht im Nebel zu erahnen, die Kraft der Seele und voller schmerzloser Leichtigkeit in einer grenzenlosen Freiheit, die sich der Vorstellungskraft entzieht und nichts als tröstend vielfältige Farbigkeit zurücklässt; mehr als bloße Erinnerung.

Die Bilder, die mich umgeben, sind eine Familie, die von vertrauter Liebe und kühnen Ideen zu ihrer Umsetzung spricht. Es ist meine Familie und ich habe sie so gern wie die Staffeleien der Großeltern Marta und Anton, an denen ich am liebsten male. Auf allen Kommoden, Schränken stehen Karaffen, gefüllt mit großen Sträußen aus Pinseln. Da sind die Veteranen, die große Dienste geleistet, an hunderten Bildern mitgewirkt haben. Lieblinge, deren jahrelange Farbspuren um die Griffe eine Hügellandschaft als Werkverzeichnis einer Zeitspanne umfangen, Federn, mit gespitzten Kielen. Zahnbürsten, Haarpinsel oder die alten Grundierer, ohne die kein einziges Gemälde entstanden wäre.

Gegenüber die Schlosskirche, neben mir der verwunschene Garten, unter mir die Stadt am Fluss und über mir der Wald. Aus jedem Fenster verwirrt ein anderer Lichteinfall dieser verschiedenen Nachbarschaften.

Am Nordfenster wartet die weiße, hohe Leinwand auf den Staffeleien meiner Großeltern. Hier ist die Helligkeit fast immer gleich, in ihrer Durchschnittlichkeit verlässlich bei jedem Sonnenstand. Das Licht ist der Steigbügel zu dem Parforceritt, der mich jetzt erwartet. Hinter mir der Tisch mit Aquarellbögen und weichen Pinseln; wohin ich mich auch wende – meine Welt.

Behäbig und warm knackt der große Werkstattofen, der, von Hundekörben umringt, der begehrteste Platz der Tiere ist. Von dort aus wird das Träumen der Hunde zu hören sein, Pfoten, die im wilden Traum über das Parkett zucken. Das einzig Bedrohliche in meinem Paradies ist ein hässlicher Sekretär, in dem die Büroarbeit haust; der Rest des Raumes ist das Parkett zum Tanz in Geistesfreiheit, für den Tanz des Pinsels mit dem Licht.

Auf den Fensterbrettern im Atelier schnurren glänzend geputzte Katzen. Wozu brauchst du Katzen, fragen mich Menschen, du bist doch Hundefrau. Ich brauche Tiere, läutet mein Herz zur Antwort. Ihre Würde nährt meine Kraft zur Haltung. Es ist ein Umgang, der mich sensibilisiert für die Zwischentöne des Lebens. Immer wieder muss ich meine Schritte sorgsam wählen, um über den Tieren nicht ins Stolpern zu geraten. Wie oft staune ich über ihre Schönheit, und wie oft freue ich mich an ihrer Freude und lache mit ihnen ein tiefes Lachen ohne Gehässigkeit.

Von dem Moment, wo ich sie aus einer von Menschen geschaffenen Hölle abhole bis zu dem tränenreichen Moment der Bestattung bin ich ohne diese Tiere Samson ohne Haar. Natürlich hat mich das geprägt, und so bin ich jetzt mit Menschen. Wer keine Tierrechte achtet, darf meine Bilder nicht erwerben, wer sich mit ihren Fellen schmückt, den achte ich nicht.

Sie, die Gruppe vor Menschen Geretteten, steht mir hier bei, wohin kein Mensch mir folgen darf, beim sinnlichen Kraftakt des Liebemachens mit der Leinwand. Sie sind die Zuschauer, die genau wie meine Kleidung die Spuren meiner Arbeit tragen und in den Farben changieren werden. Dann werden sie, deren Pfoten mein Rückgrat mit Kraft stempeln, in Schattenprofilen unsterblich gemacht sein.

Jetzt muss es geschehen! Die Leinwand will verführt werden, erobert und bezwungen. In meiner Fantasie gibt sie sich hin, aber lässt sie sich nehmen? Das Bild, in meinem Kopf längst vollendet, lässt es sich jetzt ebenso ausführen? Ich weiß, wie es geht, aber wird es so sein, wie ich will? Und wird es am Ende noch Überraschungen für mich beinhalten, wie so oft, wenn es reif ist und in aller Größe strahlt, dass mir der Atem stockt? Ist es Lampenfieber oder die geizige Kleinlichkeit vor der kostbaren Materie, die ich nicht verschwenden darf? Je wilder ich dranstürme, desto besser, aber ich zögere noch. Wie im Ring, wenn der Gegner taxiert wird, gehe ich die Stationen noch einmal durch, schließe die Augen, lasse sie sinken und dann den inneren Auftrag an meine Hände soufflieren. Ja, sie hören schon. Werden zur Verlängerung der Pinsel und beginnen zu beben, ganz leicht, dann kommt die Kraft, eine Woge von irgendwo zwischen Himmel und Hölle und reißt mich fort.

Etwas Gewaltiges tun, einem Stück Leinwand Leben geben, das zunächst niemand sehen mag, nach dem niemand verlangt. Der Markt negiert das, Galeristen verunsichert es. Ich bin nicht die schrille Kunstfigur, ich bin die Malerei selbst, beängstigend virtuos, meine Seele ist ein Füllhorn, so ein Anachronismus wie eine dicke Frau in Lumpen zwischen den abgemagerten Models auf dem Laufsteg in Paris. Sie verwirrt den Blick der Verwöhnten, springt die Blicke frech an, stört die Spielregeln. Die Dominosteine aus Design beginnen bedrohlich zu schwanken. Die Saalordner werden gerufen und eilen herbei, jeden Tag, jede Stunde.

In meinen Winden weht kein Fähnchen. Kampf- oder Lustschreie auf meiner Palette kopulieren. Spachtel schmatzen lüstern auf im Leinöl, und ich stehe wie eine Ringerin ölverschmiert, die muskulösen Windungen meines Herzens, eine Gladiatorin in dieser Zeit.

Die Katzen lesen träge unter ihren Lidern meine Gedanken und strecken sich, zeigen mir lange Krallen scharfgeschliffen wie Radiernadeln, fang endlich an!

Zu Befehl!

Ein leeres Buch ist die Hoffnung auf ein volles Leben, ein leeres Blatt ein Versprechen. Eine Leinwand bedeutet für mich Überleben, bis hin zur Unsterblichkeit, welche Verheißung, welche Verlockung zur Eitelkeit mich jetzt erwartet. Was für eine unübertreffbare Spannung!

Ich frühstücke einen schwarzen Kaffee, putze mir pflichtbewusst die Zähne, ungeduldig, und wenn mich nicht irgendwo ein Schuh drückt, bin ich mir jetzt ganz gleichgültig.

Vor mir auf einer Glasplatte das Häuflein Pigment. Mohnrot, hypnotisierend sinnlich, wie aus Samt, zu schön, um wahr zu sein. Eine Messerspitze Crimson Alzarin, ich muss es brechen, sonst bin ich geblendet. Das gebleichte Leinöl krönt den Berg, und die Malspachtel bereiten den Teig leuchtender Strahlkraft, der später, im Bild, nur noch als Hauch von Rouge auf einer Wange, als Ausläufer eines Blutergusses an einem Schenkel oder als ein Schatten auf Pferdenüstern sichtbar sein wird.

Wenn der kleine, glänzende Ölteig auf der Palette lockt, heißt es, sofort die Messer zu säubern und die nächsten Schattierungen zu mischen, bis wonneweise kleine Farbgebirge im Kreis stehen. Ein kleiner Hügel strahlt neben dem nächsten im Morgenlicht. Die Fensterflügel sind weit geöffnet. Wer weiß, ob die Tiere meinen Lieblingsgeruch vertragen.

Inzwischen ist das fertige Bild in meinem Kopf geisterhaft gewachsen und schiebt sich wie eine eigene Welt zwischen mich und die Wirklichkeit. Ich rede mit dem Bild, wir lernen uns kennen. Erfahren voneinander, während ich schon die Pinsel wähle. Aufgereiht wie chirurgische Werkzeuge laden sie mich zum Augenschmaus, und ich höre mein Herz laut schlagen.

Jetzt muss ich mich auf mich verlassen. Ich werde nicht skizzieren. Ich muss mir trauen können, sonst ist es nicht richtig. Noch eben den Kater reinlassen, ein Holzscheit in den Kamin legen, dann ist es soweit. In drei Glasschalen ist die Grundfarbenwahl mit Malmittel stark verdünnt, ich tauche den breiten, weich gepflegten Pinsel tief in Goldocker und setze an, mit angehaltenem Atem.

Es klingelt an der Tür.

Es gibt schöne und nicht schöne Tage in meinem Leben. Die schönen sind die, wo nichts im Kalender droht. Keine Versammlung, kein Termin, keine Vorlesung, Unterricht oder

der Schornsteinfeger. Nichts als malen und schlafen, nicht sonst – das ist mein Paradies. Heute ist kein solcher Tag.

Mit gehetzter Verzweiflung reiße ich mit ungastlichem Gesichtsausdruck die Haustür auf, unterstützt vom, wie ich hoffe, möglichst abwehrenden Gebell und Gedrängel von vier Hunden.

Draußen, im einsetzenden Regen, steht ein Mensch, der sich als ein alter Kunde meiner Malerei vorstellt. Ich versuche verzweifelt, aus meinen endlos inneren Räumen hautlos und ungeschützt herauszurudern und mich zu erinnern. Er hat also ein Bild gekauft, mehrere? Eine Grafik, grüble ich, oder ein Buch signieren lassen?

Nein, es seien zwei Postkarten gewesen, erinnert er mich freundlich. Als nicht konsumorientierte Person muss ich dies als große Investition anerkennen und freundlich bleiben, ein begeistertes »Aha« hinbekommen. Ich sage, ich würde ihn gerne herein bitten, das ist in der Eifel üblich, bei mir ist es mehr als gelogen. Aber es ginge nicht, denn ich male, fahre ich fort.

Noch hoffe ich, der Wahnsinn meines verzweifelten Blickes würde ihn bremsen. Aufrichtig und streng wiederhole ich, gerade angefangen, ein Bild, er wüsste schon. Ach, das stört mich nicht, ich sehe gerne zu, sagt er. Schiebt sich durch alle meine Barrikaden, setzt sich über Tiere, ablehnende Körpersprache, meine sichtbare Verzweiflung hinweg und überspringt mühelos die Hürden meines persönlichsten Wassergrabens, die großen Krokodile darin ignorierend. Na gut, denke ich, fünf Minuten, dann töte ich ihn.

Er versucht sich in Kaffeenähe gemütlich zu etablieren. Der Kater liegt da, wo er sitzen will, und ich liebe ihn dafür, den Kater. Fragend holt der Besucher ein Zigarettenpaket aus seiner bis zum Bersten gefüllten Tasche. Das Volumen stimmt mich nachdenklich, er aber will wissen, wie es mir geht. Ich solle ruhig ein wenig weiter malen, er könne sich da ein paar Tricks abschauen. Tricks? Ich brauche keine Tricks, ich brauche nur endlich meine Ruhe und ein wenig Konzentration.

Meine inneren Räume verblassen wie eine Fata Morgana im Schnee, das fertige Bild in meinem Kopf sinkt und geht unter, die Malmittelschalen ziehen schon Haut. Ich strecke meinen Rücken und demonstriere Aufbruch, und da kommt er zur Sache: Er male nämlich auch, so wie ich. Ein wenig aber nur, in seiner Freizeit, er ist ja Rentner, ob ich mir denn etwas ansehen möchte. Wie gut es denn sei und ihm eine Galerie empfehlen würde? Ein paar Tipps, ja, das wäre nett.

Wenn ich ihn vertröste, geht für mich ein anderer Tag in Scherben. Sich jetzt ein wenig Zeit für ihn zu nehmen, heißt aber, dass alles zerstört ist, was ich mir heute aufgebaut habe. Bin ich unkollegial und egoistisch? Nein. Ich bleibe da, er trinkt Kaffee und fragt nach Milch – in einem tierleidfreien Haus ein Unding. Ich erkläre mich, er will diskutieren. Schaue mir seine Werke an, ringe nach Fassung und Worten.

Dieser Mann hat wahrhaftig Mut. Fast fehlen mir die Worte, für das, was ich mir ansehen muss. Ratschläge, Arbeitsweisen, Korrekturen oder Akademiekurse lehnt er strikt ab, er male zur Erbauung, und erotische Frauenkörper reizten ihn zum großen Wurf. Wie es denn nun mit den Galerien stünde? Wie viel denn so eine seiner Zeichnungen kosten dürfe? Fassungslos starre ich auf Luftballonbrüste, blau umkringelte Armwülste, ungelenk gefuchtelte Striche in hohler Leere …

Zolper, mein alter Studienkollege, pflegte angesichts solcher Werke zu bemerken, aller Erfahrung nach sei ein solcher Dilettant schneller auf der Documenta als ich. Und einmal hatte er schon damit recht. Mir aber senden Schutzengel Rettung. Das Telefon klingelt. Mit der Hoffnung der

Ertrinkenden greife ich zum Hörer: Es meldet sich eine Meinungsumfrage. Welches Fernsehprogramm ich sehen würde, möchte jemand wissen. Ich antworte nur »oh ja, ich komme, sofort!« Aufgelegt, das Talent mir gegenüber ganz schnell hinausgeschoben und mit den verdutzten Hunden in den tiefsten Wald gefahren, eine Sache von Sekunden.

Jetzt Luft holen, nach Geist haschen, so viel, so schnell wie möglich und dann zurück durch den Garten, denn mein Besucher besichtigt noch die Schlosskirche gegenüber.

Ich schlüpfe durch verborgene Türen in den meterdicken Mauern durch den Poetengarten in meine unmittelbare, große Welt. Ich beachte das Telefon nicht, gar nichts, ich stürze mich zurück in meine Freiheit. Allein steht noch meine Gereiztheit wie ein drohender Dämon vor der Leinwand.

Es ist so ein bisschen wie in der Hexenküche, wenn ich die Alchimie des Farbenkochens ausbreite und nach stundenlanger Vorbereitung vor einem Traum aus Düften, Farben und Materialien stehe. Ästhetik eines alten Handwerks, tausendfache Entfaltungsmöglichkeit ausgebreitet vor der Fantasie, wenn das Tageslicht vom Norden her zum Tanz bittet. Abenteuer, auf Format gebracht.

Ich leide immer unsägliche Qualen, wenn Maleleven fadfarbige Flaschen aus den mitgebrachten Taschen ziehen, aus denen heraus sie den wehrlosen Untergrund mit einem Acrylbrei wie aus einer Ketchup-Flasche besprötzeln, um sie dann mit einem dicken Gummispachtel zu verschmieren, bevor sie mit Schöpferstolz zärtlich aufs Machwerk blicken. Schön, nicht?

Nein. Das Nein verfolgt mich bis hierher, ich muss mich lösen, lossagen sogleich. Eigentlich liebe ich Kollegen aller Genres. Austausch, Kritik, Vernetzung und Freude am Werk des anderen – aber Sonntagsmaler? Kunst ist kein Freizeitspaß und war es zu keiner Zeit. Kunst quält, fordert, frisst dich auf, mit Haut und Haar. Sie kostet dein Leben, ganz, ob als Autodidakt oder diplomiert. Kunst ist ein Ungeheuer, gerade für Frauen eine dich zerreißende Hydra.

Die Malerei, Grafik, Fotografie, sie sind für alle da, ob puzzlen, basteln oder Malen nach Zahlen, Volkshochschule oder Therapie; all das ist einfach das Schönste, was Menschen als Freizeitgeschenk an ihr Herz, als Post für sich und andere tun können. Es käme mir nicht in den Sinn, groben Spott oder Achtungslosigkeit gegenüber Handgeschaffenem vermitteln zu wollen.

Es ist nur etwas vollkommen Anderes, als das, was ich mache. Anderswo werden Kleinkunst und Sonntagsmalereien gefördert, unterstützt und gefeiert. Vielleicht, weil es keinen Schmutz macht, nicht frech ist und in seiner angepassten Anbiederung keine Verunsicherung entfacht? Keine vorlauten Fragen stellt? Pressebegleitete Höhepunkte, der Zeitvertreib des sich langweilenden Rentners wird bejubelt, Sonntagsclimax inclusive, während die wenigen Künstler in ihren Räumen erfrieren.

Aber Neues entsteht dabei nicht. Wer nicht bereit ist, zu lernen, sich durch die Tiefen der Kunstgeschichte und der malerischen Grundlagen zu quälen, der weiß nicht, dass es geradezu eine Beleidigung Jackson Pollocks ist, achtzig Jahre nach dessen Kampf um Anerkennung seine Bildsprache zu kopieren. Und dann noch zu erwarten, ich würde dafür Begeisterung heucheln, raubt mir die Ruhe. Eine schöne Eifellandschaft? Das war im 19. Jahrhundert aktuell! Ein Stilleben, auf dem ein Bleistift an einem Glas lehnt? Zweites Semester Kunstakademie! Das ist, als würde ich heutzutage den Tuberkelbazillus erfinden und mich dafür feiern lassen. Alle Welt würde mich völlig zurecht für komplett wahnsinnig halten.

Es macht mich fürchten, dass mit der Belobigung des Plagiats die eigentlichen Künstler und Meister/innen überflüssig verschattet werden. Während sie versuchen, zu schöpfen, zu bewegen und zu verändern, ihr Leben der Idee opfern, genügen sich die Freizeitmaler in der Repetition des Gewesenen. Und so bejubelt die Welt die mit Desinteresse dekorierte Eigentherapie. Wir feiern inzwischen Schattenspiele bei Neumond. Daher scheint es, dass Profis und Hobbymaler einander nicht leiden können, dabei sind wir nur nicht verwandt, wenngleich auch sympathisch, weil wir die gleiche Liebe teilen.

Was natürlich für den Räuber meines kostbaren Tageslichts nicht gilt. Ihn verwünsche ich für den Diebstahl meiner Zeit am Bild, als hätte er mir ein Rendezvous, eine wilde Liebesnacht vermasselt. Dabei habe ich es ihm deutlich gesagt, doch er hat die unermessliche Bedeutung des Malaktes nicht einmal ansatzweise begriffen. Er trinkt jetzt irgendwo auf dieser Welt zufrieden seinen Kaffee, ich ringe mit seiner Impertinenz.

Strawinsky hilft. Erst das Frühlingsopfer, dann der Feuervogel. Ich war heute schon soweit und liege nun soweit hinter mir selbst zurück. Ganz schnell jetzt an die Arbeit, noch ist später Morgen, noch ist es nicht zu spät.

Ich stelle mich vor die große, leere Leinwand, in jeder Hand große Pinsel. Beidhandarbeiten brauchen einen geraden Rücken. Ich gehe die große Fläche an, bevor sie mich erschlägt und mir ihre Stärke beweist. Ringe mit ihr, bespringe sie, beschwöre ihre Vibrationen meinem Pulsschlag angeglichen. Die Pinsel reisen ab von meinem Verstand und dirigieren ein farbiges Gewimmel in Pastell. Als sei ich losgebunden von der Schwerkraft aller Zwänge, als seien keine Sorgen irgendwo, pilgern meine Augen von Unebenheit zu Fadenscheinigkeiten, ein Tiefflug von Augenblicken konzentrierter Erinnerungen an malerisches Wissen, so scheint es, dabei ist es nur die Erfahrung immer wiederholten Tuns.

Aufatmend nach diesem Auftakt lege ich die großen Pinsel in ihr Schönheitsbad. Hier dürfen sie sich lösen von ihren Schleudertraumata, in flüssiger Schmierseife und heißem Wasser schweben, bis sie später liebevoll gereinigt werden, denn jetzt arbeiten ihre Schwestern, die Fächerpinsel mit ihren flattrigen Faserflügeln an der farbdunstigen Freiheit des Fliegens. Mein Blickfeld, wenige Quadratmeter groß, konzentriert meine Welt, meinen Beitrag an das Leiden meiner Zeit. Die Grausamkeit der Nachrichtenbilder, noch schonungsloser die aus dem Internet. Die ihnen zeitgemäß folgende völlige Herz- und Empathielosigkeit, gipfelnd in Gier nach Nichts. Mauern aus Dummheit über eine Epoche erstritten, Grenzen aus Ekel – ich halte malend dagegen. Schaffe Tiefen, breche Untergründe doppelbödig auf und lasse Licht herein. Lade die Schatten beiseite, bereite Bühnen in leeren Sälen.

Ich bete.

Ich male.

Farbige Rinnsale öliger Linien fahren mir pulsauf unter den Pulloverärmel, klebrig in Richtung Herz, und wenn ich schiele, ist meine Nase smaragdgrün. Grundierung verklebt mein Haar. Ich hebe mich aus dem Zusammenhang heraus.

Ich bin nicht da. Ich wohne mit Signalrot, warne mit Schüttgelb. Aufstampfend und bittersüß und schwebend lasse ich alle Farben gegeneinander antreten. Der Ring ist der Keilrahmen, seine Begrenzung ist meine Fantasie.

Hinter mir im alten Polstersessel sitzt mein Vater, bei Sherry und einer Zigarette und nickt zufrieden. »Wie bei Künstlers«, kauzt er mich an. Seit seinem Tod sitzt er des Öfteren dort. Er stört mich nie, er gehört für mich dazu. Meine anderen Geister sind hingegen schwierig. Die Großmutter Marta, die mich Malerarroganz in Ignoranz lehrte, sieht nicht einmal her; mein Großvater Anton, die Mundwinkel verächtlich heruntergezogen, schnippt seine Asche in mein Terpentinöl. So brennt er meinen Zorn herauf. Stichflammen, die mich vergessen machen, da ist keine Wand mehr, zwischen Wahnsinn und Wirklichkeit. Und mein Kühlschrank ist leer.

Die Fächerpinsel wandern jetzt auch in die Badestube. Nun steigt die Erregung, einmal Anlauf nehmen, wie zum Weitsprung. Farbe, gleich lustigem Wurfmaterial geschleudert, gehorcht meinem Dirigat. Springt aufs Wort. Aber nie weiß ich, wird sie aufreißen? Die Grundierung preisgeben? Klumpen bilden, die dann ins sanfte Grundierazurblau schmieren? Nein, ich traue mir, denn das Abenteuer beginnt, mir den Atem zu nehmen. Zwischen allen Fingern klemmen jetzt Malspachtel, Entscheidungswaffe der Komposition meines Kopfes, bereit zum Streit. Beginnend das Schneiden der Formen, Glätten von Linien, verbinden von Ufern der Härte, zerreißend, was so lieblich schien.

Die sinnlich gierige, breite Seite der Klinge beginnt mit der Verführung ihrer Eroberung: Dem Kuss der Farben, wenn die Farbkreisgegner sich umarmend kopulieren, Kinder des Mischwerks zeugen, küssend, sich windend. Neues gebären in der Umarmung, meiner Liebe zur Farblust Rechnung tragen. Ihre Ausläufer beginnen zu tanzen, wenn ich brülle und schreie vor Lust, wo ich Schönheit entstehen sehe.

Das Format füllt sich mit Geschwindigkeit, jetzt lasse ich die Ungeheuer frei. Alle tiefseetauchenden Wellensittiche und barfüßige Hasen, sprechende Steine, die atmen, brüllen, stöhnen, als strahlende Schiffe, über denen die Loreley zu Kassandra wird, die das Unheil aus Pandoras Büchse zu trompeten scheint. Panzer, die Flüchtlingen nicht als Rettungsboote dienen, vor dem Stangentanz der Abgeordneten. Die Galgen, aus denen sie gemacht sind, im blauen Nordlichtzauber versteckt. Die Städte am Horizont sind ein Babel in Amerika, fliehende Hirsche paaren sich mit Wölfen.

Es ist alles möglich. Malen kann man alles, grenzenlos – nichts ist, wie es scheint, aber Zufall hat nichts verloren hier in meinem Radius. Alles ist möglich, alles geht grenzenlos weiter. Zu viel ist zu sagen, daher windet Ariadne ihren Faden um das Sehen und hinterlässt eine silbrige Schneckenspur. Echtorange hat seinen Auftritt. Und die Flachpinsel geben dazu Hilfestellung.

Sogleich ist die Szene in südliches Sonnenlicht getaucht, die Schatten wirken härter, das Frösteln vergeht, bis das Orientrosa vordringt und Süße würzt. Eine barocke Reichhaltigkeit ist entstanden, höchste Zeit, das Ganze in paynesgrau-grüne Gischt zu hüllen, mit Schaumkronen akzentuiert. Jetzt würde ich gerne essen, rauchen, trinken, aber es hat mich gepackt.

Jetzt höre ich kein Telefon mehr, kein Haustürklingeln. Selbst die Tiere warten still in ihren Körben, Spannung steht im Raum, und es entwächst meinen Händen eine rauchigkalte Amazone, überlebensgroß und muskulös auf ihrem Pferd, mit steinernen Zügen und geöffnetem Mund. Ihr Schild eine Welt, diese selbst ein bewohnter Krater unter einem lüsternen Garten voller Pflanzen.

Bild, wohin treibst du mich?

Noch weiter als jede Vision, jede Fantasie, jede Wirklichkeit – in den Himmel der Malerei. Ich bin doch schon da, gleich ...

Wie immer renne ich rastlos hin und her, stehe dann wieder, den Kopf leicht schief, das eine Auge zugekniffen. Immer das Bild im Auge von allen Seiten aus jeder Distanz in jedem Licht. Anton kichert böse »Solche Fotos gab es auch von mir«, behauptet er. Halt's Maul, erwidere ich, ich lasse mir von ihm mein Bild nicht versauen.

Aber das wird meines Vaters Geist im Sessel jetzt zu viel, er versinkt fast in die Polster, als wollte er sich in eine gute Beobachtungsposition bringen. Marta scheuche ich weg. Sie blockiert meinen Malplatz, und eine Femme fatale mit Allüren, das wäre bei der Schweißarbeit nicht angebracht.

Es ist lästig mit diesen Wesen, die mich ständig bei der Arbeit stören und alles besser zu wissen meinen. Mein Vater ist noch erträglich, er beobachtet vor allem und ist freundlich. Er liebte auch zu seinen Lebzeiten die Atelieratmosphäre. Und so scheint er sich im Tod, wenn niemand mehr Erwartungen an ihn stellt, eingeladen zu fühlen.

Die Gespenster parodieren eher die Szenerie. Die Kunstgeschichte malt mit. Die großen Frauen stehen auf meinem Zeichentisch und erwarten von mir Mut. Was ihnen nicht gewährt worden sei, ich würde es als Gratisbeigabe bekommen. Wenn sie wüssten. Allein Leonardo und Michelangelo erwarten schon wieder Demut von mir und sparen nicht mit klugen Sprüchen.

Es ist ganz schön was los in meiner Stille, da sind meine Tiere noch ein Quell der Ruhe. Jetzt kommen sie wieder, um einen Blick auf den Betrieb im Atelier zu werfen. Ihre Wache aber hält den Spuk nicht fern.

Noch nicht mal meinen Kunstgeschichteprofessor, dessen Weisheiten oft wie Sausen in den Ohren klingen. Er, der mich lehrte, dass auch andere Maler um ihr Werk gerungen haben.

Der Hörsaal war dunkel. Wir saßen mitschreibend im Auditorium, und dann strahlten Meisterwerke aus dem Lichtstrahlkegel des Projektors auf die Leinwand. Der Saal schien aufzugehen in Epochen und Erkenntnissen. Jedes einzelne Bild ließ mein Herz laut klopfen, ich begegnete Freunden.

Frauen, die Gewitterblumen im Garten des Kunstmarktes, der die Geschichte schreiben wird, sie kamen bei ihm nicht vor. Rot, hat er gesagt, sei gefährlich in einem Gemälde, es bedränge, erschlage und wirke eigentlich nur im Detail vorteilhaft. Ein Schwarz sei zu verwerfen, eine tote Unfarbe, und es sei aus Blau- und Braunschattierungen zu mischen. Dann wieder sei ein Ansinnen, politischer, psychologischer oder religiöser Natur, abzulehnen, es behindere die Freiheit des Ausdruckes.

Ich sitze auf den Stacheln seiner Lehren auf meinem Hocker, denn Trotz ist mir ebenso gefährlich wie blinder Gehorsam. Und so muss ich den Professor in mein Bild hineinkomponieren und jede seiner Lehren neu sortieren und betrachten, bevor ich sie verwerfe. Es gilt gegenzuhalten, in mein Bild hinein.

Ich sehe zur Seite. Mein Vater ist fort. Ich hoffe, er schaut nachmittags noch mal zum Tee vorbei. Der Kampf kostet Kraft. Mein Bild entwickelt sich grausam und wunderschön.

Will ich das? Schöne Bilder? Nein, ich will, dass die Betrachter selber ihren Weg in das Bild nehmen und dort erschüttert werden. Verstörende Fragen, zweimal hinschauen, überraschen, nachdenken in beide Richtungen. Die Bilderschauer dürfen es nicht so leicht haben, sonst können sie auch fernsehen oder eine Illustrierte kaufen.

Ratlos hängen meine müden Arme vor der glitzernden Pracht in Neapelgelb, die gegen holländisches Delfterblau steht. Mir gegenüber weiche Brüste, glänzende Nattern an hartem Stahl. Wie Schwingen von Wellenwogen der tröstliche Sonnenuntergang, der gequälte Körper verhüllt, dessen letzte Botschaften von Brieftauben gesprengt, von Zügen überfahren auf Bistrotischen serviert, gefallen. Nein, im Kampf gegen Sehgewohnheiten greife ich jetzt zu einer lang vergessenen Farbtube. Das Violett darin ist eine alte Fehlerwerbung, nun muss es heran. Jetzt, hier, ist es vollkommen bedeutend. Mit fetter Geste verschwinden Lächeln und Beinahküsse im pastosen Brei, wie in Schlammfluten, und mir tut es weh, ich leide.

Alle Hoffnung scheint erloschen, alle Aussichten versperrt. Der dunkle Löwe, die Sphinx, die auf allem hockt, als brüte sie gerade die Dunkelheit aus, sie grinst. Wieder die zehn Schritte rückwärts, das Gesicht verkniffen, drücke ich ihr mutig das Maltuch mitten aufs Herz und siehe, es zeigt das Amazonenprofil, den Nacken des europäischen Stiers, die wellensittichbeflügelten Hufe der Rösser. Stehenlassen.

Der dunkle Farbbrei wird fett und schmierig, macht sich breit. Bedrohlich gegen bunt. Ein Poster wird es nicht werden, meine Bilder sind nicht als Raumdekorationen gemeint. Keine ästhetischen Spielereien in Trendfarben, keine Beschwichtigungsversuche mit Farben aus dem Anti-Universum der RAL-Karte. In meiner Eitelkeit will ich gefallen, aber dafür mit allen Pinseln Wahrnehmungsgewohnheiten aufmischen. Nicht den Applaus von der falschen Seite in Empfang nehmen.

Zum Entsetzen meines alten Kunsthistorienlehrers, dessen Stöhnen ich von der Ateliertür her höre, werde ich Kadmiumrot gegen die Ränder, in das Licht Gelb- und Ockertöne setzen, und der zitierte Kitsch wird betonen, was offensichtlich inwendig lauert. Kreative Kriegsangst.

»Kitsch ist der Komposthaufen für Kunst«, sagt Marta energisch. Ich starre ins Leere und flüstere in ihren Schatten: »Schönheit auch. Und auch das Grauen.«

Die Zeit erhält ein Konglomerat aus Süße und Schrecken, Not, Angst und Liebreiz. Das also wäre alles abzubilden, ein Hochseilakt. Wie wäre das Lebensgefühl abzubilden? Locke ich, mit dem Duft süßer Farben, dem Honig zärtlicher Körper der treuherzigen Haltung kleiner Tiere und Pflanzen? Wie sie dem Ekel begegnen lassen, ihrer Missachtung? Der Zerstörung ihres Lebens, unserer Vernunft?

Langsam füllt sich mein Atelier immer mehr mit Ratschlägern. Mein Vetter möchte, dass ich bildnerisch schweige in ästhetischer Abstraktion und Blässe, im kleinen Format. Händler wispern um Verkäuflichkeit: Farbig, vieldeutig, erotisch... Sie haben hier gar nichts verloren! Ich dränge sie beiseite. Und jede, jeder will jetzt mitmachen.

Ich sei surreal, meint Angelika Kauffmann, Käthe Kollwitz kritisiert mich als unerträglich manieriert. Großvater Anton findet mich entsetzlich, Marta auch, aber sie bleibt einfach abgewandt, schaut aus dem Fenster und drückt sich eine neue Zigarette in die Spitze.

Ich schiebe Frida Kahlo vorsichtig beiseite, um die Palette wieder aufzunehmen. Meine Mutter liebte, wenn ich kleine Tiere malte, ich sollte ihr einige widmen. Ich sollte, ich müsste, ich dürfte. Alles das muss weg und Platz machen, die ganzen Kunstgeister, sie sollen aus meinem Kopf oder ich male sie. Hände hoch!

Aber in dieser Malphase sind sie überall. Hocken geschwätzig auf der Stuhllehne, turnen auf der Staffelei herum. Auf dem Sofa für das Aktmodell liegt schwach hustend Angelika Hoerle und spricht vom Wagnis. Ein Bild muss ein Geheimnis bleiben, schlägt mir Zolper vor, arbeite dich nicht länger am Handwerk ab, spottet Klauke. Collette zuckt mit den hübschen schmalen Schultern. Hauptsache, du verdienst dein Essen, es ist egal ...? Selbst das Eichhörnchen vor dem Fenster schwingt zuckend seine Pinselohren wie zur Korrektur. Gespenster müssen nicht sein, aber im Atelier lebt Freiheit, und sie wissen es ganz genau.

Dieser Kampf ist mir vertraut, bei jedem neuen Werk verläuft er anders, die Sieger bleiben meist in ihren Schattenwelten zurück, spätestens, wenn ich in der letzten Phase bin und die Lichter höhe. Und selbst dann holt mich die Zeitqualität ein, scheint mich zu fesseln, ins Leere zu stürzen. Es gibt Dinge, die stehen im Raum, die wollen, die müssen thematisiert werden.

Dann wieder geschieht es, dass die Zeitqualität ihr Lasso über meine Arme wirft und mich anhält. Da streckte sich auf meinem Bild ein Riesenboot in den Himmel, der Blut erbrach. Schaudernd feierte ich die Vollendung und die Aussage – um nur am Abend auf der Biennale von Venedig genau diese Umsetzung als Installation gespiegelt zu sehen, stilisiert, konkret und kraftvoll. Es bedeutete zurückzurudern, im wahrsten Sinne des Sujets das Rot abzuziehen, solange es nicht angetrocknet war und nur mit Fragmenten eines rissigroten Krakelees das Bild umzukonzeptionieren.

Ich halte inne. Jetzt bin ich zu weit gegangen in meinem Trotz. Das Ganze scheint zu kippen, die Komposition verlässt mich. Das wollte ich nicht haben. Es auszubremsen kostet Mut. Ich ziehe den meterbreiten Malspachtel durch den gesamten Farbbrei. Zurück bleibt die krakeleeartige, marmorierte Spur über den Lichtgestalten. Ich fange sie ein, züchtige sie mit Licht und Lust und binde sie mit Paynesgrau an ihre Schwerkraft, jauchzend vor Spaß.

Das wird eine Grundierung, wie ich sie liebe. Ein Pastell mit Spuren, verletzt und gebrochen, kaum konkret. Und doch zeigt sich jetzt bereits alles, was ich sagen will. In Komposition und Inhalt lege ich mich jetzt fest; nur scheinbar abstrakt zwingt mich dieser Grund ohne Widerworte auf meinen Weg.

Hart und entschlossen will der Neubeginn gewagt sein, auch wenn mich aus dem Perlmutt an Geschichten vielleicht ein dekoratives Bild berührt, das leicht zu verkaufen wäre. Doch ich wähle die Herausforderung, nehme den Fehdehandschuh der Eigenverantwortung auf. Entschlossen gehe ich mit den farbschweren Breitpinseln drauflos, Inhalt gebend, füllend mit Komplementären, Ausrufen von Entsetzen und Strahlkraft.

Ich bette die großen und kleinen Pinsel in dem immer voller werdenden Bad aus Malerseife zur Ruhe. Dort sollen sie sich erholen von ihren schweißtreibenden Tänzen. Zärtlich lasse ich ihre Haare durch die Finger gleiten. Malen ist die Lust meines täglichen Überlebens. Jetzt lebe ich, intensiv. Gehäutet bis ins Innerste hinein, filetiert in transparente Farbschichten, lasierend übereinander lagernd, bereit, sich mit Pinseln aufnehmen zu lassen, um auf der Leinwand exhibitioniert zu lagern.

Mit den Fächern beginne ich zu verweben: von oben, unten, rechts links diagonal. Farbfrei und weich wird das Ganze gestreichelt, bis es nahtlos gewebt wirken wird. Sie werden mich fragen, ob ich es mit Airbrush gesprayt habe, und ich werde Belangloses murmeln und dabei an meine weichen Fächerpinsel denken, die grade jetzt haarig mit mir um die Wette fliegen. Wir kreisen, wirbeln, tupfen und springen, streicheln und kosen. Mir bleibt nichts, als dem Geflatter zu folgen, springend, laufend, von der Leiter, auf den Knien. Rinnsale von Schweiß bahnen sich Straßen unter meinen Schläfen, zwischen meinen Brüsten. Meine Hände tanzen Tarantella, ungeachtet der Zeit, des Raumes.

Ateliermusik trägt sie über ihre Grenzen mitten in den Horizont, Fluchtpunkte flimmern vor den Augen. Die Gesetze, die Spielregeln missachtend, um die meine Pinsel wissen, die sie gleich Alarmdrähten meiden und die harten Seiten meines Kummers mit der nestwarmen Hoffnung auf ein Verstehen verweben.

»War es so, Vincent?«, frage ich ihn. Er hat mir kritisch über die Schulter geguckt, aber jetzt sieht er mürrisch beiseite. Direkt angesprochen zu werden, mag er nicht, dann zieht er sich zurück. Tändelnd schwebt er zur Seite, greift zu einer Farbtube und betrachtet sie abschätzig.

Ich wende mich wieder der Leinwand zu. Ich trage das Leben des Meeres auf, mit all seinen Gezeitenströmen, unbestechlich in seinen algengrünen Braunblautönen, Schicht um Schicht entsteht es, das Massengrab von Hoffnungen, Lebenswillen, in dem nur der Müll der Kreuzfahrtschiffe unendlich brilliert. Die Inseln, die es umbrandet, haben eine Geschichte zu erzählen. Von Ariadne und der Loreley, von Cassandra, die, mit Bedacht ausgelagert, ihre Prophezeiungen ins unendliche Rauschen ruft. Hier schadet sie den Gleichgültigen, Blinden und Bequemen nicht, hier darf sie sprechen. Ich benutze die schweren Pinsel, ihre Gestalten zu finden, und eine maßlose Freude überkommt mich, diesen Frauen eine Stimme zu geben, Ariadnes Faden zum Stolperdraht der Schweiger zu malen.

Ätherisch im Licht, überheblich in ihrer Erwartung aus Krakelee und Farbnarben. Gleich kann ich Antons alte Staffelei mit dem frischen Werk beiseite schieben und bis morgen warten, wenn die Farbe angezogen ist. Im Ölpudding lässt sich nicht so malen, wie ich will, also übe ich mich in Geduld. Nehme Abschied für einen Tag und eine Nacht und lasse los.

Natürlich herrscht an einem solchen Morgen turbulentes Chaos im Atelier. Kleine Keilstücke, Verpackungen und Pigmente auf dem Boden verstreut, Farbgläser, wie in einer Apotheke, Holzkisten mit Ölfarbtuben, kreuz und quer und schon längst nicht mehr nach Farben sortiert. Manche der Tuben sind nur noch mit Knetgummi verschlossen, das sind die,

die viel mit mir arbeiten müssen. Die Deckel sind schon lange verschwunden, und wenn ich sie hätte, würde ich sie sowieso nicht mehr auf die verklebten Öffnungen bekommen.

Stapelweise Papier, Bütten, Packpapier und Zeichenkartons scheinen im Luftzug zu wanken. Alle Kommoden tragen Pinselgläser, unzählige, wie die Sträuße eines Blumenladens. Doch male ich stets nur mit demselben Arm voller Lieblinge, die besonders gepflegt werden, wie Säuglinge.

Auf den Zeichenschränken, den Tischen, überall sind Pinsel, kleine Kistchen mit Tuschen, mit Stiften, mit Spachteln, mit Kohle, Kreiden, Leinwandzangen, blauköpfigen Kurznägeln, Kistchen mit Knetgummi, Malseifen und Mitteln, Eimer voll Gesso. Eine Werkstatt aus Worten, Gedanken und Tun ist das, mein Olymp, und immer scheint durch eines der vielen Fenster ein Lichtstrahl, immer tanzt darin der Staub aus der weißen Voliere hoch über meinem Kopf, in der, in Sicherheit vor den Katzen die Vögel mich bei der Arbeit beobachten. Im Kamin knistern Wegwerfskizzen und verglühen ungesehen; alte Mallappen flammen mit, die nun nie mehr ein Zeugnis ablegen werden.

Das Licht hat sich mit mir verbündet, die Schattenseiten zu ertasten, wie die Zunge, die stets den faulen, wehen Zahn sucht, um zu spüren, wo und wieso er noch schmerzt. Katzen räkeln sich in Sonnenflecken, und das Radio animiert mit klassischer Musik die beiden bunten Zwergpapageien zu schrillen Arien. Die großen Hunde, alle Viere von sich gestreckt, träumen von einer wilden, zu ermessenen Welt. Bescheiden und dankbar lasse ich meine Welt in Stille zergehen, verschmelzen in meiner Bildsprache, deren Rufen keiner sieht. Malerei ist der Tanz des Pinsels mit dem Licht, an so einem Tag wie heute wird dieser Satz umso wahrer.

Die große alte Staffelei hat Anton gehört. Vor 100 Jahren hat er daran gemalt wie ich heute. Vielleicht spukt er deshalb rumorend hier herum. Nicht nur seine Staffelei scheint ihn zu beunruhigen, daneben steht die von Marta, auf der wie ein großes Segel ein anderes Bild wankt. So wie ich ihn kenne, wacht er eifersüchtig über ihren Standort; stets hat sie besser und prominenter zu stehen als jede andere. Heimlich muss ich schmunzeln. Wenn das tatsächlich so ist, wird er sich jetzt ärgern: wie eine alte Schaluppe schiebe ich seine Staffelei davon, damit die Farben antrocknen können, und rücke die von Marta ins rechte Nordlicht.

In der Weimarer Republik hatte Marta, für eine Frau ungewöhnlich, eine echte Karriere begonnen, bis sie als »Entartet« gebrandmarkt und abgestellt wurde. An einem verhängnisvollen Weihnachtsabend in den Dreißiger Jahren hat Anton sie, meinen Vater und dessen kleinen Bruder wegen der Affäre mit einer Millionärin verlassen. Allesamt blieben sie zurück, ein Familiendrama auslösend, das die Kölner Kunstszene noch Jahrzehnte beschäftigen sollte. Und nun stehen beide Staffeleien friedlich nebeneinander wie ein altes Ehepaar, jedes eine Leinwand tragend, auf der, noch frisch und nass, meine Seele leuchtet wie ein Warnfeuer.

Martas Staffelei fährt mit mir bebend und quietschend an meinen Malplatz, wo auch der Rollwagen mit all den vorbereiteten Paletten für die heutige Farbschlacht wartet. Satt glänzend, erwartungsvoll, stehen sie Schlange, die Hügel meiner Sprache, und grüßen zur Visite. Was uns fehlt? Vielleicht Türkis, ein wenig kühler, eine Bilderfrischung vom Bauchladen der Paletten gefällig?

Durchs Atelier gelange ich in die Küche. Während das Teewasser kocht, wasche ich die vorgebadeten Pinsel. Heißes Wasser, Seife und so lange liebevoll drücken und herzen, bis nur noch klares Wasser in den Spülstein rinnt. Ich breite sie auf einem Flanelltuch am Kamin aus und plane ihren Einsatzbereich.

Manchmal geschieht das Wunderbare, dann hat die Brotfrau Körnerbrötchen vor die Tür gelegt, oder das Paket mit den ungenormten Restgemüsen kommt und schenkt mir einen Apfel dazu. Verwöhnt und zufrieden kauend sitze ich vor dem Segel und schaue in die Tiefe, bereit über die Gewässer des Unbewussten zu segeln. Jetzt bin ich entrauscht und geschärft für Empfindungen, haltlos offen.

5

Es beginnt für mich zu malen, meine Hände sind willenlose Werkzeuge hemmungsloser Gewissheiten. Es entstehen Menschen, die lächeln, Menschen, die schreien, weinen, rufen, trösten oder verführen. Eine Momentaufnahme meiner Gedanken, eine figurative Reise zu den Körpersprachen der Welten und Zeiten, lasse ich sie prophezeien, artikulieren, sterben und kämpfen. Und wieder neu verstehen, sie packen sich an ihren Köpfen. Sie beten um alles und haben nur mich. Sie kommen und zupfen an der Malschürze, tun sich wichtig, weil sie unbedingt noch auf die Leinwand wollen, als sei es die letzte Fahrt in die Unsterblichkeit.

Sie sind schon in den Tagesthemen übrig geblieben, aus den Nachrichten gekippt, nicht mehr aktuell. Jetzt klammern sie sich ins Bild, in ihr Licht; sie wollen nicht vergessen sein, keinesfalls und nie. Sie haben die Frechheit, auf sich zu bestehen. Sie verlangen Gerechtigkeit, zurecht. Ihr Leid, die Missachtung ihrer Heimat, ihr Diktator, ihr Krieg, mich hat es etwas anzugehen. Denn Maler wird man nicht vom Wegsehen.

Ich verweise sämtliche Geister zurück in ihr Schweigen, ja, ich beachte sie gar nicht. Oder ich bestehle sie. Das mögen sie. Der Käthe Kollwitz raube ich die Verlorenheit einer Frau nach einer Vergewaltigung. Artemisia Gentileschi stehle ich die Mischung eines tiefen Rotes neben lichtem Ocker und Umbra. Beide sind darüber nicht erzürnt, im Gegenteil, reine Frauensache ist das gerade jetzt. Ich darf mir meine Kunstgeschichte selber leben, endlich eigenen Vorbildern entwachsen.

Nicht der ganze voyeuristische Kram, die platte Schönheit, die der Kleinbürger Gier nach Pseudoboheme sättigen. Zum Teufel, nein! Boheme war nichts Anderes als bittere Armut! In Romantik gepudert, wie eine stinkend-verlauste Perücke, ausverkauft. Ich, phffft, pfeife auf Boheme, wie jede, die es lebt und leidet bis hinein in das tief verzweigte Gewirr des Familienstammbaumes.

»Meine« Frauen haben richtige Lust und sind zu tiefer Leidenschaft fähig, aber den erotischen Hingucker wollen sie nicht geben. Da beginnt ihnen sogleich wie von Zauberhand das Malmittel übers Gesicht zu schlieren, die Brust in Schieflage zu rutschen oder das Füßchen zu verklumpen.

Denn die Last einer Kunstgeschichte, die seit Jahrhunderten durch eine männerzentrierte Sichtweise dominiert wird, wirkt nicht einfach als eine Art neu erfundener Frauenfilter vor der Leinwand. Das wäre einfach, aber ein verhängnisvoller Irrtum. Es ist weitaus schwerer, das Wissen patriarchaler Großmannsgier in der Malerei gegen einen frischen Dickkopf auszutauschen. Sich nicht in trotziger Einfalt dümmlich zu verweigern oder die Eckpfeiler zu versetzen, sondern wissend zu entgegnen, ohne den Humor zu verlieren, ein neues Feuer zu entfachen.

Auf wie vielen spiegelglatten, nicht tragenden Flächen meines Trotzes bin ich schon ausgerutscht, bis an diese Stelle meines Lebens geschlingert? Heute, hoch erhobenen Pinsels, ohne Bitterkeit, nur ein klein wenig verächtlich bisweilen, kann ich völlig frei mit meiner Ikonographie »meine« Frauen auflebend agieren lassen.

Dafür habe ich mich geschlagen, wurde hundertmal bei Wettbewerben ausjuriert, habe Professuren verspielt und die Großen der Kunstszene irritiert. Vorlaut war ich, frech und überfleißig, wenn ich schweigend schön hätte warten müssen. Hinsehen wollte ich, wenn das Wasser verschmutzt war, das Atomkraftwerk marode. Laut werden nachts auf den Großstadtstraßen, wo leise Frauen bedrängt worden sind, und malen, was wirklich ist, weil das nur wenige tun.

Dem Schweigen neue Farben verleihen. Tiere schützen, Flüchtlingen beistehen, Strafgefangene treffen, sich an Bäume ketten, an die Männer pinkeln. All das macht mir die Palette klug. Es malt sich dann in vielfachen Schattierungen ein und macht meine Bilder aufrichtig. Daher bin ich jetzt so erregt, weil zu Tage tritt, woraus Alpträume sein werden, denn heute bin ich noch ein kleines Stück voraus. Weil es früher nicht, noch nicht, sein konnte, als alles geschah:

Meine letzte Verbeugung auf einer Tanzbühne.

Allein in Berlin, nachts in einem Hinterhof, gekrümmt von einem Boxhieb.

Im Nebel von Venedig in einer Orgie schöner, schwuler Männer, der ich mit dem Zeichenblock folge.

Im Keller einer alten Fabrik vor Neonazis ganz allein auf einer kleinen Punkbühne, von Todesdrohungen des Publikums an das Bühnenbild gedrängt.

In Bologna mit blutüberströmtem Gesicht am Bahnhof, nachts und mittellos.

Auf einem Photoshooting, in Düsseldorf, geschminkt im Licht, zur Musik von »Frankie goes to hollywood« zähnefletschend für das Coverbild.

Gekleidet wie für den Laufsteg einer Anti-Modenshow im Mutterhaus von Fiorucci in Mailand.

Ein schier endloser surrealer Alptraumzug bestehend aus mir allein spult sich ab. Wenn ich es will, fährt er los. Ich bin dabei, farbbekleckst im Judoanzug, mit blutiger Nase. Stattdessen gebiete ich ihm Einhalt, und er stockt. Nicht für mich stehe ich hier. Ich stehe für die freie Malerei, für ihre Töchter.

Längst hätte ich aufgegeben, wäre es nicht von so großer Bedeutung, dass dieser Weg geräumt, dieses Mauerloch geschlagen wird. Als Zeichenlehrerin oder mit einem anderen, einem ähnlichen Kompromiss hätte ich mich eventuell durchschlagen können, bereit, den Spagat zu machen, unter dem mein Leben mich in den Abgrund gerissen hätte. An mir vorbei.

Nun aber sitze ich in diesem Zug selbst. Vorbei zieht er an blühenden Landschaften des Kapitalismus. Ich blicke träge, die müden Lider reibend, missachte ihn schläfrig. Meine Wut kocht anderswo. Mein Hexenkessel konsumiert kein Wegwerfgut.

An den Pinseln hat es bei der eigentlichen Malarbeit sehr wenig Farbe. Man stelle sich vor: Der ein Zentimeter breite, veganen Pinsel flauschig weich, mit messerschmaler Längsseite, geschmeidig von Leinöl, der in seiner Spitze ein wenig Ocker, Echtorange, Lichtgelb und Delfter Blau trägt. Meine Augen der Leinwand wie zum Kuss zugewendet, vertraulich, sinnlich und intim. Begehrlich auf die Pastellfläche gerichtet, so unschuldig, so konzentriert. In ihr erkenne ich in Leidenschaft das Gegenüber, den Liebhaber, die Braut, die sinnliche Einladung zu einer unsterblichen Liebe. Mit einer gleichgültigen Zeit im Hintergrund, die jede Wahrnehmung ablehnt, treten wir den unerwünschten Gegenentwurf an. Spätestens, wenn unsere Nachkommen der Straße entwachsen sind, auf der sie, virtuelle Comicmonster jagend, ihren Verstand verlegt haben mögen, werden sie es brauchen.

Und ich? Nur durch einen Weg und eine Steinmauer von der Hirnlosigkeit getrennt, kämpfe ich derweil küssend das wahre Monster nieder, versuche es mit dem Pinsel zu strecken, zu köpfen, zu betören und zu bannen. Aber es heißt Mensch und trägt viele Glieder, eine milliardenschwere Hydra.

So dirigiere ich das bunte Gewimmel, verkleide es in eine frische Bildsprache, betöre und verführe mit zärtlich schmatzenden Pinsellauten. Der Pinsel, der einem Bereich zwischen Herzblut und Rücken entwächst, er küsst mit. Leidenschaftlich entschlossen greift er der Blässe an die Bluse und entreißt ihr küssend mit einer einzigen kurzen Drehung farbige Brüste.

Ich vergesse zu atmen. Blut sprötzelt auf einen Nabel, fliegt im Tanz die Nabelschnur dazu, die einem Lamm gehört, und der Pinsel schaut sich um, was hier und da noch zu erobern wäre. Ich halte ihn atemlos staunend fest, er vibriert und entlässt eine Spur wie ein Hauch, die ins Nichts zu vernebeln versteht. Mein Pinsel ist da ein ganzer Kerl. Seine Potenz lässt nicht nach, mit seinen letzten Pigmenten haucht er hinter sich Gestalten in den Nebel. Alles das mit so sehr wenig Farbe.

Zwischen meinen Fingern, wie die Zigarettenspitze bei Marta, ist der nächste Pinsel etwas kleiner. Er ist für Finger, Zehen oder Hände in Kontraste getaucht bereit. So umarmen sich Formeln zu Farben, die ihre Geschichte erzählen, während sie mich als Medium nutzen, mein Handwerk ihrer Sicherheit dient. Da ich gänzlich auf der Strecke bleibe, beim Küssen und Kosen, Verschmelzen und Tänzeln, vermag ich mich in völliger Erholung zu sonnen und zu sammeln für die immerwährenden zehn Schritte vor und zehn Schritte zurück.

Es strengt mich nicht an, die Anstrengungen liegen bereits Jahre, Jahrzehnte zurück. Jetzt ist dieser Akt nur noch Glückseligkeit, der mich verhaften lässt in einem Vormittag aus Glück. Ich mache mir Spaß. Und die schnurrenden Kater fließen in Streckübungen über die Ränder der Körbchen zu mir her. Die Papageien schnäbeln, aus dem Garten rufen ihre Verwandten, die Schildkröten scharren noch im Winterterrarium nach Frühling oder jagen die fassungslosen Katzen vom Kissen vorm Kamin.

So heil ist dieser Tag, wie ich weiß, dass er es nicht ist. Während der bleiche Pinsel mir Schlauchbootfetzen setzt, wo ich ein Paar hatte malen wollen, weiß ich schon wieder, was ich sagen wollte. Gestern haben sich die Bilder so sehr in mich gebrannt, der Abguss muss jetzt seine Entsprechung suchen. Sie, die jungen, unbegleiteten Flüchtlinge, deren Unterkunft ich mit Farbe und Trost zu beliefern suche, sie haben mir die Handyfilme ihrer Flucht gezeigt.

Ihre letzte Erinnerung an Freunde, Familie, Geschwister. Nicht die Bilder, die wir aus den Tagesthemen kennen, mit blauem Meer und dunklen Gestalten in strahlendorangenen Jacken, die der Rettung hoffnungsfroh entgegensehen. Nein, in den Bildern, die ich gesehen habe, sind es winzige, schmutzige Gummiboote, viel zu tief im Wasser liegend, überfüllt mit Kindern. Jede Welle tränkt sie mit eisigem, brennenden Salzwasser. Die Arme und Augen der Kinder sind verätzt. Für Tränen ist weder Kraft noch Körperflüssigkeit übrig, nur Panik in tauber Kälte.

So nah ist die kleine, bunte Handy-Kamera davor, dass sie die Bitterkeit der Sterbenden zeigt. So sinnlos dieser Tod auf der Reise, die doch Rettung bedeuten sollte. Und jetzt variieren diese kleinen Filme: Mal verschwindet eine kleine Gestalt mit schreckensweit geöffneten Augen im Ozean, in dem die Eltern schon ihr Grab gefunden haben, dann werden sie von großen maltekischen Frachtern im Kreis getrieben, die ihre Schiffsschrauben zu höchstmöglichem Wellengang antreiben, so hoch, dass viele Menschen einfach über nasse Plastikwände in Richtung des grausamen Mahlwerks gesogen werden. Eltern halten mit müden Armen ihre Kinder hoch, wenigstens sie sollen leben dürfen.

Wir haben eine Obergrenze in Sachen Leben lassen. Manchmal nehmen sie die Kleinen auf, bevor sie die Schiffbrüchigen aufs offene Meer hinausschleppen und sich schnell, unter Volldampf, davonmachen. Mir graut.

Selbst mein Pinsel, erzürnt und wütend, büchst mir aus ins Schleudern. Sein weiches Haar schlägt und sticht zu, er schleudert Farbe, wo er befrieden soll. Er liebkost nicht, er klagt an. Malt Wutküsse, wo ich Liebe machen wollte. Er opfert so manche der stillenden weißen Brüste und treibt Säuglinge ab, schleudert von sich das Lächeln und verzerrt es zu Panzerketten. Er lässt am Horizont die Gnade des dunklen Mondes ahnen, der die bleiche Schuld aufsaugen und zu tilgen sucht, wo nicht zu verzeihen unentschuldbar sein wird.

In Sachen Schuld haben wir erfahrene, große Vorfahren. In der Malerei habe ich sie ebenso. Jetzt stehe ich selbst in Aufruhr und Verantwortung bereit für die Kinder, die Töchter, die Zukunft ihrer Kinder. Die Aufgabe der Intellektuellen, die sich einmischen, auch wenn sie keine Ahnung haben, selbst wenn sie in der medialen Scheinwelt mit ihrer Verkleidung aus völlig unbekannten Prominenten nichts wirklich sicher wissen, ist, sich einzumischen.

Alles was ich weiß, musste ich selber sehen. Wie damals in der Anatomie das Sezieren der Präparate, beim Aktzeichnen das Üben von Proportion, Licht und Schatten. Damit mir heute die Farben gehorchen, bin ich damals selber durch Verona geschlendert und habe das italienische Licht mit tränenumflorten Augen unter Julias angeblichem Balkon studiert, ich habe in dem Film über Sacco und Vanzetti geweint. Ich bin ein Kaleidoskop aus den Wahrnehmungen meiner Zeit, so gebe ich es auch zurück, denn es bindet mich und macht mich mitverantwortlich. Es entlässt mich nicht.

Eine große Ausstellung in Bonn wurde mit den Worten über mich eröffnet: »Wer Räderscheidt heißt, kann es sich nicht einfach machen.« Aber was wäre denn »einfach machen«? Blind oder mit verbundenen Augen, die Ohren verschlossen? Sicher auch ein Konzept. Eine solche Ausstellung stelle ich mir unterhaltsam vor, ganz einfach. Fast sehe ich sie schon vor mir, das Publikum begeistert, unterhalten, das Fernsehen würde kommen, und es würde YouTube-Likes nur so hageln.

Es gelte aber nicht als Beweis, es würde überhaupt gar nicht erst verstanden vor lauter Freude und Spaß an der Unterhaltung. Und ich säße weiterhin hier und wollte mir die Seele aus dem Leib malen, ganz einfach gemacht, vergeblich...

Mein breiter Pinsel bedeckt allzu menschliche Züge Ertrinkender mit Gnade, während die kleinen Katzenzungenpinsel immer wieder Teile zurückerobern möchten. Sie suchen Zusammenhalt, Freundschaft und Fürsorge, erschaffen sie neu. Während ich vor der Leinwand hocke, ein Auge zugekniffen, den Abstand der Vernunft halte, beginnt jetzt der eigentliche Bilderstreit, nein, der Kampf, der Abbildekrieg der Flach/Fächer/Rund- und Katzenzungenpinsel gegen meine Feigheit. Ich muss sie gewähren lassen, sie tragen es unter sich aus, kämpfen wie die unversöhnlichsten Feinde gegeneinander, tragen ihre Fehde aus. Wie ein sorgsam choreographierter Soundtrack stolzieren im Radio die Capulets gegen die Montagues über den Marktplatz von Florenz, marschieren geradewegs in den Tanz der Ritter hinein.

Und am unteren Bildrand sammeln sich die Geschichten von Liebe und Verrat, von Leben und Tod. Ich glaube nicht, dass ich das wirklich male und versuche, es ein wenig zu verstehen, dem Betrachter Aus- und Einstieg freizuhalten, neue Möglichkeiten zu erfinden, immer wieder Spiel- und Lösungsarten vorzuschlagen, die, ganz Wirklichkeit, der Pinsel bedeckt. Inzwischen begibt sich Bild unter Bild und Geschichte zu Geschichte. Eine Zeit lasiert spürbar unter der Gischt, die ich vielleicht verwerfen werde. Schamesröte übergießt mein Bild. Nicht wichtig, ob es gefällt, gut muss es sein. Nichts Schönes malen möchte ich, sondern etwas sagen. Nein, mehr, ich möchte schreien, meine Pinsel wie Speere schleudern gegen die Dämonen in der Welt, gegen Gleichgültigkeit, Geldgier und gedankenleere Rücksichtslosigkeit, weit über die Wirkung hinaus, wenn meine Bilder in einer

Ausstellung an der Wand hängen. Dabei wird mir jetzt ganz zaghaft zumute – heute habe ich eine Ausstellung!

Nur kurz daran zu denken, blockiert alle Malvorgänge wie die Notbremse den Schnellzug. Ich werde dastehen und Leute begrüßen. Sie werden mir erzählen, dass ihre Frau auch malt und ich es mir ansehen soll. Sie werden ihre gute Kleidung ausführen an der Leine von Parfüm, und sie tun es nur für mich. Oder?

Sie stehen ratlos bis zum Hals inmitten von Smalltalk. Der arme Galerist läuft schwitzend mit den Preislisten herum und taxiert seine Hoffnungen. Wenigstens ist es mir gelungen, das Blockflötenensemble abzuschmettern, das die Besucher von den Bildern abgelenkt hätte, aber eine Harfe wird gezupft, Sekt umhergereicht werden, und ich werde so verloren sein.

Im Internet, bei meinen täglich geposteten Bildern, ist ein Dialog flott vollbracht, einfach aus der Behaglichkeit heimischer Geborgenheit heraus. Schnell hat man sich verschwestert und verbrüdert. Was aber, wenn man nicht ausweichen kann? Rauchige Lidschatten, eine qualmende Zigarette im Mundwinkel, ein Hutschatten, mehr als Rückzugsversteck wird mir nicht gewährt. Wenn ich aber meine Angst zeige, habe ich verloren. Wer mit Tieren lebt, weiß warum. Daher laufe ich den Menschen entgegen, Küsschen links, Küsschen rechts in die Luft, bewerfe sie mit originellen Bemerkungen und bleibe auf dem Sprung, bis sich eine Gelegenheit bieten wird, zu verschwinden, ohne meinen Rücken zu zeigen.

Bis dahin ist es noch ein langer Tag, tröste ich mich, erst in gefühlten hundert Stunden. Jetzt, hier im Atelier, ist mein richtiges Leben, jetzt fliegen Fetzen zu Pirouetten, taumeln Friedenstauben suchend durch die Guillotinenkörbe, die weißen Federn ganz in rot.

Der Malvorgang setzt sich wie von selbst wieder in Bewegung. Ich hätte nicht an die Ausstellung denken dürfen, das war töricht. Doch plötzlich saugt mich die Leinwand wieder in ihre suchenden Küsse von Direktheit und Leidenschaft. Hat mich wieder enttarnt in verzweifelter Ohnmacht, und ich überprüfe: Ist die Skizze, das im Kopf schon seit Wochen vollendete Bild, dem auf der Leinwand gleich? Was habe ich überprüft oder untertrieben? Was ist neu zu überdenken, was ist so gut, dass es sich dafür zu leben lohnt?

Von dem betörendem Duft der Malmittel umgeben und Musik umflutet, bin ich auf mich selbst gestellt, auf mich allein, meine Geschichte, Wissen und meine Erfahrung, aber auch meine Alpträume, mein Undercoverwissen. Und dann die Angst vor der Potenz! Die darf nicht, niemals, überborden, sie muss kalkulierbar bleiben, im Auge des Kunden, des Marktes. Oder gerade nicht? Mit zuviel Reden habe ich immer zu verstören gewusst, mit zu viel aus der Reihe tanzen, mit zu viel Mut, zu viel Energie.

Ich erinnere mich an den hübschen Kampfsporttrainer in Seelscheid. Ich wollte ihm nicht wehtun, blieb in der hintersten Reihe, leicht geduckt, die Augen abgewandt. Ich ahnte schon, was kommen würde. Ich mochte sein Gesicht, seine Zartheit, die er hinter protzigem Imponiergehabe zu verbergen suchte. Genau ich aber sollte sein Beispiel weiblicher Zaghaftigkeit werden, an mir wollte er sich beweisen, vielleicht mir sogar ein wenig imponieren mit seiner Stärke, und so holte er mich nach vorn. Seine Kniescheibe sollte ich ihm wegtreten, meine weiblichen Hemmnisse ablegen.

Ich blickte und trat schüchtern, ich wusste um meine Möglichkeiten, doch er gab nicht nach, hörte nicht auf meine gemurmelten Beschwörungen und ließ mich treten, Fußaußenkante, wieder und wieder, provozierte mich, schrie, fester, fester. Irgendwann dann wollte ich nach Hause und trat zu, wie er es verlangt hatte. Auf dem Heimweg leuchtete Blaulicht mir den Weg aus, und der schöne Trainer kam nie mehr nach Seelscheid.

Nein, lerne Deine Kraft zu bewahren und spare sie fürs große Bild. Aber auch hier kommen Stürme von Zweifel auf. Darf ich so etwas, darf man das überhaupt, geht das einfach so?

Ja, ich trau mich! Breite Flachpinsel reißen die Farbhügel in Schlieren auf, das Öl zwinkert mir mit gedachten Regenbögen zu. Und jetzt schlagen sie auf. Felsmassive erwachen in der Frische von Zeitlosigkeit zu dickköpfigem Leben. Wie von namenlosen Geistern der Vergangenheit gejagt reisen wir von der Eiszeit durch alle Menschenkriege der Erinnerungen auf dem Fluss, den die Hoffnung nährt. Was immer ich will, ist verloren. Die großen Felsen beginnen zu sprechen und singen, und dann brüllen sie mit der Ungeduld von Steinen aus allen ihren Mund- und Augenhöhlen gewaltig gegen mich an. Ihre Konsequenz, erschreckend sicher, dominiert die Leinwand. Ich selbst trage Terra di Pozoli, Siena und Steingrau zu ockernen Büscheln aus verbranntem Gras bei. Das Bild gewinnt, nun lädt es mich mit gnädiger Geste zur Ausführung ein.

Um das hitzige Sirren des salzschweren Himmels über dem Meer in Bewegung zu versetzen, braucht es mühevolle Kleinarbeit. Viele kleine Fächerpinsel verhauchen das lichte Blau mit hellen Schlieren in Neapelgelb, Orientrose, in winzigen Mengen, gepaart mit Titanweiß, stark verdünnt in grellgelbe Tropfen mit traurigen Sprenkeln in Paynesgrau. Und: Senkrecht, waagerecht, kreuz und quer und dann mit immer neuen, frischen Pinseln wild gedreht, schwingend, endlos, bis alles ein unsichtbar transparenter Wirbel sein wird, spürbar sprühend bis zum Horizont hinunter. Türkis und Goldgelb dürfen sich schließlich aufmachen, auf die

Dramatik einzuspielen. Fleißarbeit, die später niemand sieht; niemand ahnt, woher das Changieren kommen mag. Ein Rätsel, das mich Zeit und Ruhe kostet, und dabei reisen meine Gedanken, hier werden sie nicht gebraucht, hier braucht es flinke Hände und rasche Pinselwechsel.

Mit halb geschlossenen Lidern verfolge ich die Bewegung der Pinsel, die mich mit ihrem hypnotischen Gleichklang zurückwerfen in die Zeit, als an der Staffelei, an der ich gerade arbeite, eine ganz andere Frau stand und ihre Bilder malte.

6

Marta war keine Oma mit Haarknoten und schwarzem Kragen, die mit gütigem Lächeln Plätzchen buk, während sie mir gleichzeitig aus einem riesigen Märchenbuch Moritaten vorlas. Sie war eine Frau unbestimmbaren Alters, die Zigaretten rauchte, schwarzen Kaffee trank, kurze Haare hatte und, wenn sie bei der Arbeit war, einen dunklen Trainingsanzug trug. Ihr Atelier war auch kein großer, lichtdurchfluteter Raum, in dem an den Wänden Bilder über Bilder lehnen. Sie hatte die Fenster eines normalen deutschen Wohnzimmers mit Seidenpapier abgeklebt, ihre Staffelei an einen Ort mit ordentlichem Lichteinfall gestellt, und dort malte sie. Sie war fast ständig bei der Arbeit. Sie war Malerin, und ich liebte sie. Sie nahm mich ernst, mich, das kleine Ding. Sie hörte mir zu. Sie lehrte mich lesen und schreiben. Und sie lehrte mich, was es heißt, eine Malerin zu sein, einfach, indem sie mich bei der Arbeit zusehen ließ.

Das dreijährige Mädchen, das ich war, konnte es nicht fassen. Sie führte den Pinsel an eine scheinbar beliebige Stelle der Leinwand, trug eine Farbe auf, nahm eine neue, fuhr damit, eine Linie ziehend, durch die Leere, und vor meinen Augen geschah das unbegreifliche: Aus dem Chaos wurden Personen, Dinge, die ich erkannte, Welten, die ich verstand. Da war diese Malerin, und ihr gehorchten die Farben. Sie hatte einen Plan im Kopf, sie wusste, was zu tun war.

Da waren die Gerüche, die einen schon beim Eintreten umfingen, die seltsam und eigentümlich nur den Giftküchen der Maler entsteigen, da waren die geheimnisvollen, mit dicken Farbschichten überzogenen Gerätschaften, mit denen sie die Welten erschuf, in denen sich mein Kleinkinderauge verlor.

Und da war »die Luscht«. Die Luscht war eine Messingschachtel, aus der ich bei jedem Besuch einen Keks, einen Pfefferminztaler oder ein winziges Stückchen Schokolade nehmen durfte. Schon bald gehörte es für mich dazu, wie die Geschichten und Spiele, die wir uns erdachten, seltsam, verwunschen und so überhaupt nicht kindgerecht.

Mit meiner Einschulung wurden die Besuche seltener. Erst, als meine Schulkarriere knickte und ich an der Kayjass in Köln zur Schule ging, konnte ich sie wieder täglich besuchen. Hopsend kam ich in ihren Atelierraum und sang schmalzige Liebeslieder, die sie sofort ernsthaft analysierte. Sie nahm mich ernst, ob ich drei Jahre alt war oder fünfzehn.

Ich saugte sie in mich ein. Ich lernte von ihr. Wie stark man sein muss, um ein gutes Bild zu malen. Dass man eine Welt im Kopf anzubieten hat, wenn man sich an ein leeres Blatt Papier herantraut. Dass Malerei ein ehrbares Handwerk ist, das erlernt werden muss, damit man sich am Ende in aller Einsamkeit darüber erheben kann. Und dass man als Frau noch besser sein muss als jeder andere, weil niemand einem einen Fehler verzeiht.

Nein, sie war keine liebevolle Großmutter. Sie hatte überhaupt kein Verständnis für Kinder. Sie interessierten sie überhaupt nicht. Marta Hegemann war eine kühle Intellektuelle, verstrickt in briefliche Diskurse mit Literaten und Malern und ganz fern dem kleinen Wirbelwind, der sie so verehrte. Was das Geheimnis zwischen uns war, weiß ich bis heute noch nicht. Vielleicht hat sie die Seelenverwandte in mir gesehen, vielleicht habe ich es geschafft, einen Zugang zu ihr zu finden, der die sonst so spröde Hülle zerbröckeln ließ.

Eine sorgsam einstudierte Choreographie tanzen meine Hände mit den Pinseln über die Felsen. Kaum muss ich nachdenken, mich dabei kontrollieren. Vielleicht würde der Gedanke ja auch sofort den Bewegungsfluss zerstören, wie die Sonne, die einst Ikarus zum Absturz brachte. Ich lächle. Denn sofort fällt mir ein, wie mir in den ersten Studienjahren meine Hände, die mich zum Werkzeug meiner Wahrnehmung gemacht hatten, nicht gehorchen wollten.

Ich selbst hatte mir nicht getraut, fand mich vielleicht genial, aber trotzdem eigentlich nicht gut genug. Ich haderte mit meinem Können, die Handgelenke schienen mir linkisch. Sie konnten nichts anderes als schöne Linien töten, so schien es mir. Sie kreisten, einen Bleistift oder ein Stück Kohle haltend, über dem Papier wie hungrige Greife im Schnee und wurden nicht fündig.

So viel, das ich wollte, und so wenig, das ich konnte. Ich verstand nicht einmal, dass ich nichts verstand. Und dann, nach all den unzähligen hässlichen Studien, traten die kleinen Kupferplatten in mein Leben, das streng begrenzte, so ungemein spröde Material, meine erste große Liebe, die mich heute noch zärtlich die Regenrinnen mancher Kirchen ansehen lässt. Und mit ihnen kamen Stichel, Punzen und Wiegemesser, Lederkissen und Grabwerkzeuge und verzauberten mich. Ich begann, Radierungen zu machen.

Ich musste keine wunderschönen Linien zeichnen, sondern der Geruch des jahrhundertealten Handwerks gab mir Ruhe und Zuversicht, ließ mich Punkt für Punkt ausheben, graben, stechen, reißen, schraffieren und immer wieder – punkten. Völlig losgelöst von allen sichtbaren Erfolgszwängen setzte ich an.

Und begann Geschichten zu erzählen. Tag für Tag und Monat für Monat erwuchsen seltsame Gestalten auf den kleinen, störrischen Platten. Eine Serie über »Unzüchtige Ungeheuer«, über »Dressuren«, »Müde Mätressen« oder merkwürdige Männer, Naturdenkmäler und Frechheiten ohne Tabu, ich konnte auf dem spiegelnden Metall, seitenverkehrt, kaum sehen, was ich tat. So entwuchsen den blinkenden, kleinen Platten Bilder, die nach dem Druckvorgang erhaben auf dem feuchten Büttenpapier standen wie

Tänzer auf der Spitze, um mir zu salutieren, aufrecht und stolz. Dann eröffnete sich vor mir auf dem Papier eine überraschende Offenbarung in den hunderten Grauzonen zwischen schwarz und weiß, Geheimnis und Wunscherfüllung von surrealem Beziehungsreichtum. Wenn ich die noch fast weichfeuchten Büttenblätter mit meinen Papierklammern von der Druckpresse anhob, war es immer wieder spannender als jeder Kriminalroman. Atemlos freute ich mich an dem fertigen Blatt, darin war ich zu Hause.

Vergessen waren Ohnmacht, linkische Arme oder gar die Angst, etwas Falsches zu sagen. Die Blätter waren so klein, so fein, ich war darin sicher verborgen. Trotzdem war mir, als sei ich ein Scharlatan, eine Betrügerin. Jeden Augenblick konnte jemand herein spazieren und rufen: die da, seht Ihr es nicht, sie hat doch eigentlich linkische Arme. Freihandzeichnen, Aktzeichnen, Beid-Handzeichnen, Portraitstudien – nichts war in der Lage, mir die Angst zu nehmen, auch die guten Kritiken und die vielen Verkäufe nicht, die Ausstellungen, die Aufmerksamkeit des Kunstmarktes, ich wusste es ja besser. So fand ich mich acht Jahre lang täglich von früh bis spät einen Punkt neben den nächsten setzen, bis zu dem Tag, als ich mehr wollte und es mir beweisen musste, dass es möglich ist. Aufbruch.

Heute bin ich erfreut über das Entstehen meiner lichten Himmelspalette. Damals habe ich im Schatten der Geduld mein Wesen getrieben, bis es heraustrat und alle sich erschraken. Und während der Fächerpinsel weiter über die Leinwand fliegt, halte ich den Atem an, weil ich an mich denke, wie ich damals war.

Ein Wesen in Schweigen und Ernst tritt aus dem Schatten, das Haar so lang wie ein Friesenpferd, aufstampfend. Flieht nach Italien, immer wieder dahin, wo die Frauen auch nicht mehr Achtung erfahren als die vielen Kettenhunde und wo die Singvögel mit Salbei und Speck gegrillt werden. Um sich selbst zu exhibitionieren, in seidenen Kleidern auf hohem Absatz, mit kleinem Hund, blind und taub der Vernunft gegenüber. Gemeinsame Sache mit homosexuellen Künstlern machen, politische Videos wagen, freche Thesen, marschieren mit den Frauen, als sei ein Schmetterling in eine Panzerfaust gekrochen.

Ich habe alles abgekriegt, was freche Frauen erwartet, die nicht mit Schönheit und paar Schmeicheleien zufrieden sind. Ich habe mit meinem Abwenden von der Druckgraphik Galeristen verschreckt, Kunden verstört, Antons dritte Frau zog auf dem Kriegspfad gegen mich durch die Szene. Ich wurde erklärte Emanze und bekam ein Mundwerk. Das war der Anfang, der lange kam, nachdem es schon ewig losgegangen war. Es fing mit dem Karrierehöhepunkt an, dann folgte die Ochsentour, alles andersrum.

Und da war keine Zeit für Allüren. Zwischen Verkaufserfolgen, Disziplin, Handwerk und Sommerloch lauert der Hunger und nicht nur der. Die Kontoführerin ruft an, der Strom bleibt abgestellt, die Künstlersozialkasse streikt. So war es für mich, das Erwachen nach dem Höhenflug auf dem Kunstmarkt. Niemand hat mir Mut gemacht, weiter zu malen, aber wozu hätte das gut sein sollen? Wenn ich den Mut nicht für mich erhalte, für wen denn dann?

Jetzt sitze ich lächelnd unter meinem Farbenhimmel, tief, weit, verheißungsvoll.

Wer soll in diesem Moment genau dies malen, genauso, wenn nicht ich? Genau so muss es jetzt entstehen, die Liebe, die Verzweiflung, das Hinsehen, Wahrsagen, mit allen Gefühlen. Dazu liebe ich, bin ich da. Ich lasse ein Augenpaar brechen, eine Hand fliegen, eine Botschaft von Brüderlichkeit, Freiheit und die Revolutionäre gegen die Waffen laufen, ich bin so frei und der Freiheit verpflichtet, heute wie immer.

子

Meine Augen ruhen kurz im Gartengrün draußen. Es ist ein Garten für Poeten, Bienen oder Geheimnisse, so alt und so verletzt in seinen Mauern. Das Efeu greift, von roten Eichhörnchen geritten, über die Wetterseite mit feuchten Fühlern nach Früchten und Schatten. Alle Versuche zur Befriedung werden von Schnecken und Brennnesseln bedroht. Still steht das verfallene Tor, die Türe zum Fluss hinunter, mit Ranken bewachsen und bemalt, aus allen Angeln gemorscht. Der Kiesweg unter den Rosenbögen zum Schloss – wenn Steine erzählen könnten, es wäre die Geschichte eines halben Jahrtausends, von Spaniern, Eroberern, Grafengeschlechtern, von Kriegen und Menschen, wie Tieren, von Bienen und Früchten, von Nonnen und Tränen.

So aber schwingen die langen Triebe der Rambler-Rosen im Wetterwind. Die Dohlen lassen sich bis hinauf in die Wolken tragen und landen wieder in der Nähe der zarten Kussgeräusche meiner weichen Fächerpinsel, sie möchten ein drohendes Unwetter melden. Aber ich bin wieder auf hoher See, lasse den Wellen ihren Willen. Es tut dem Bild gut, raubt ihm Unschuld, macht es unruhig. Ich muss aufpassen, dass es mir nicht davonschwimmt.

Zeit zum Zwischenreinigen der Pinsel. Denkpause, Meditation, Wasser kochen, Kater einlassen. Das Telefon überhören, das Postauto, das den Berg heraufschnauft. Wirklichkeit beiseite. Tee und Brot und Denken ans Bild, mehr geht nicht. Es ist, als ob meine Mallappen ihre Geschichten erzählen, während ich kaue. Manche waren leidenschaftlich zerwühlte Laken, andere wieder Nachthemden, die von Juninächten und Hitze erzählen, und doch sind sie jetzt genau das: Bunte Farbsauger, aufnehmend, an den Rändern verhärtet. Manchmal zwinkern mich durchs Transoxidorange und Violett noch die kleinen Blumen ihres Vorlebens an.

Eines, wo ich war wie jetzt, nur anders. Wo ich mich passiv schlagen ließ, aktiv und fest zurückgeschlagen habe. Die Zeit mit Aktionen, Performances und Videos, die Zeit des Verneinens und dann: die Art Basel. In meinen Ohren klingt wieder das emsige Geraune der Messehallen und ich meine, den Geruch des Titanzinks, den metallischen Geschmack von Sprödheit und verletzter Oberfläche, aus dem ich den gewaltigen Raum gestaltet hatte, wieder in meiner Nase zu spüren. Das war der erste große Augenblick, als meine Geschichte, mein Leben und Arbeiten, auf verletzliches Glas gezeichnet, weiß und jungfräulich in der metallenen Grabkapelle ausgestellt war. Eine Arbeit vieler, ungezählter Monate und nun in aller Aufrichtigkeit seh- und spürbar: Matt pulsierend mit der Musik: »Sexuelle Sensibilitäten leben in Spinnennetzen und Glashäusern«. 1000 weiße Tuschezeichnungen schwangen und drehten sich auf den Scherben, die ich mühsam aus den Ruinen des Stollwercks in Köln geschleppt hatte, bildeten die Geschichten als große bewegliche Schatten in den kühlen Zinkraum ab.

In diesem Augenblick hatte ich alles gesagt, alles geschafft, was zu schaffen war. Die Finger, blau gehämmert, müde und hungrig stand ich da und wollte weinen, denn diese Installation, das war ich auf die Glasspitze getrieben, es war der Gipfel meiner übersetzten Aufrichtigkeit. Die Galeristen applaudierten mir und forderten mich abends auf dem Ball zum Tanzen auf. Zu verkaufen hatte ich nichts.

Zu Hause in Deutschland wartete der Hunger auf mich. Aber mein Vater war nach Basel gekommen, mit Rosen und hatte mir meinen Geburtstag mitgebracht. Das menschlich Schöne im unmenschlich Grausamen bedeutet Reichtum und Größe. Was für eine gewaltige Erinnerung, dieses Basel. Ein Augenblick mit Dimensionen eines Wolkenkratzers.

Und es folgten: Förderkojen auf Kunstmärkten, Esseneinladungen, Stipendien nach Portugal, nach Kanada viel Lärm um Frauenkunst. Ich war nicht persönlich gemeint, höchstens, als meine Mondausstellung in Calgary als ungeliebtes »weibliches Hühnerscharren« zerstört wurde.

Dann ist es zu wenig, befand ich und lud Studentinnen und Sportlerinnen in mein Atelier, um große Studien über weibliche Körpersprache anzugehen, ein gewaltiger Angang zu einer großen Werkgruppe. Während ihre Körpersprache über sie erzählte, verfolgte ich sie mit sibirischer Reiskreide auf transparenten Papierbahnen, begleitete ihre großen Schattenrisse durch alle Räume, eine endlose Sequenz von Frauenzeichnungen, die nicht den Betrachter bespielten, sondern sich selbst genügten. Lebensäußerungen, von kultureller Verpackung befreit, entspannten Bauch und Spann, tollten ausgelassen durch die zwielichtige Welt selbstentgrenzter Wirklichkeiten. In warmen Schatten gesichert, sprachen ihre Gliedmaßen undressierte Geschichten ungezähmter Zeiten. Sie lebten auf in großem Format zu Calypsobräuten, Lustmörderinnen oder Wölfinnen. Und ich schraffierte, wischte und fuhr mit Kohle, Kreide auf Spitze, Leiter oder auf Knien mit ihnen durch endlose Meter Freiheit und liebte sie dafür auf voller Breitseite.

Nach hundert Riesenbögen fühlte ich die Schwindlerin, die Hochstaplerin nicht mehr an meiner Seite. Es war ein Werk entstanden. Es war gut, dem verlogenen Zeitgeist hart auf der Spur. Ich hatte die Zeichnung, ich hatte meine Zeichnungen befreit. Sie durften ejakulieren, kopulieren, onanieren, fliegen oder ohrfeigen. Sie küssten sich mit Geist und Verstand, befreit aus ihrer eigenen Kunstgeschichte.

Verkauft habe ich die, auf denen schöne Brüste zu erkennen waren oder mal ein rundes Hinterteil. Meine Zeichnungen und ich reisten nach Florenz zur Ausstellung »Wutküsse«, wo sie fast zu schön mit den Lilien florentinischer Lilientapeten in der Villa Luzi verschmolzen. So wichtig waren sie mir, dass ich in Gärten und Brunnen verschwand, als die Kunden in ihren schweren Limousinen den Berg hochkamen, um in den modrigen Zimmern der Villa meine Arbeiten zu bejubeln.

Zuhause wartete wieder die Armut.

Aber jetzt bin ich reich an Wissen, profitiere von der Erfahrung, ich weiß um Arme, Schultern, Hände, im Rhythmus des Herzschlages, woher ein Zeh kommt, wenn er lächelt und wohin ein Trapezmuskel verschwindet. Ich weiß mehr vom Körper, als die Kleidung zeigt und die Erziehung preisgibt. Ich habe erzeichnet und erspürt, was Freiheit dem Körper antut – und was nicht, was in Unterdrückung verstümmelt. Heute sind meine Frauen mit dunkelschöner Haut wie Delfine unter Wasser, auch wenn ihnen unsere Gier einmal mehr den Tod gebracht hat, ich lasse ihnen wenigstens ein wenig Würde.

Wozu Freiheit, wenn sie uns nur ermöglicht, mit großer Geste zu ertrinken, frage ich das Bild, und die große Leinwand schimmert mir geneigt und glänzend bejahend zu. Natürlich begehre ich auf, denn es missfällt mir, natürlich wehre ich mich mit meinen Waffen, den Pinseln, so bunt ich kann. Ich begehre, immerzu begehre ich. Ich begehre die Schönheit, die aus der Liebe kommt, ja, die Liebe des Vincent van Gogh zu seinen Farben, die wahnsinnige Liebe von Müttern, die Liebe an das Leben selbst darin. Verstehen, ergreifen und weit ausholen, unendliche Freiheit, ist das meine Malerei? Mein Museum?

Was ist mein Begehren, wenn nicht, mit leidenschaftlichem Aufstampfen friedlich gegen das Unrecht des toten Handelns mit lebendigen Farben zu feiern? Wenn ich zum Beispiel sterbe, dann wünsche ich mir von jedem, der ein Bild von mir besitzt oder mir irgendwie nahe kam, er würde einen Vogel freigeben, einen vergessenen Goldhamster retten, einen einsamen Stallhasen umsetzen, eine ausgesetzte Katze füttern oder eine Meise. An einem einzigen Tag einmal kein Schnitzel essen. Dann lebte ich. Wäre dabei, liebte, lächelte ich, irgendwo. Das wäre meine Lieblingsskulptur, keine Blumen schneiden oder trauern.

Aber sie werden es niemals tun, also lebt die Malerei für mich und mahnt. Sie sucht, Gefühle zu retten, Empathie zu schaffen, doppeltes Hinsehen statt abwenden. Das ist der Trieb, der meine Leidenschaft anfeuert, mich anstachelt, zu lächeln und weich zu zeichnen, was mich erstarren ließe. Kunst lebt, fördert das Überleben der Sinne. Sie kann mir nicht lustlos und stumpf am Feierabend begegnen, denn sie befeuert Stunden, Minuten und macht unbestechlich frech.

Mit breit gefächerten Transparenzen belege ich nun Teile von Körpern. Fast grafisch ihre Würde erhalten, den Speichel adeln, Träume veredeln, Gesten entfesseln, dazu bin ich da, auf meinem buntgefleckten Malhocker, in der alltäglichen Arbeitshose, dem verkleckerten Hemd. Tag für Tag, ohne Zeit ein Teil von Nichts, inmitten meiner Leidenschaften.

Dabei ist die Zeit der Malerei, der Flachware, längst vorbei. Totverdrängt von Medien. Jetzt haben sie Photographie zur Vermarktung entdeckt. Installationen, lustige Objekte, Street Art, die erst einmal nichts kostet, nur die Künstler. In Kunstvereinen, Museen, Kunstfeatures und Magazinen werden Designer nach oben gelobt, Architekten, Comics, Mode, Filme, auch wenn sie am Busen der Malerei erst genährt worden sind. Ein fast unendliches, kommerziell durchgeplantes Feld strategisch bearbeiteter Vermarktungsträume feiert sich. Die Malerei muss draußen bleiben. Inzwischen sterben mit mir befreundete Maler, verhungern, erfrieren in Tiefgaragen im Winter. Die Glücklichen trinken sich vorher tot.

Galerien schließen, wandern, wechseln ihr Programm. In großen Wohnungen und Häusern hängen wanddeckend große Flachbildschirme oder Wandtattoos vom Baumarktdesigner. So haben es alle schön dekoriert, schmutzige Malerei ist unerwünscht, klare, leere Wände symbolisieren Luxus. Ein toter Beruf also, so wie Modistin oder Hutmacherin? Kein Kind sollte den Berufswunsch Kunstmaler haben. Keine Jobvermittlung vermittelt ihn, und Eltern fürchten ihn für ihre Kinder.

Und doch ist es für mich das einzige was ich tun möchte – Malen. In Lichtern Farben und Formen zu setzen, bedrohlich, voller Gefahren und dann wieder voller Lust und Wahnsinn, Humor und Leidenschaft. Rätsel und Spiele, Ikonographie zum Mitraten, eine Räuberleiter aus der Depression, der Ohnmacht zu entfliehen auf einem Weg, wo gar nichts mehr ist.

Einmal wird es wichtig sein, dass Menschen schauen und sich äußern dürfen, ihre eigenen Bilder mit den meinen vervollständigen können, ihre eigenen Geschichten aus meinen Versatzstücken formen, so dass sie Hilfe bekommen oder den Stoß aus dem Abgrund. Dass sie über mein Lachen, mein Weinen träumen oder agieren dürfen. Dass Malerei etwas freisetzt, etwas fast Vergessenes, Eigenfreiheit klein und groß. Den Mut zum Widerwort, die Beruhigung zur schönen Linie, die Fläche zur Perspektive getrieben, alles das. Dafür muss es so sein, dafür stehen die Mallappen rechts und links zu Säulen gestapelt, in ihren Spuren die Geschichten zu erzählen. Schweißtücher aller meiner Werke.

Meine liebe Freiheit, ich hadere nicht mit dir. Alle Nebenwirkungen vom Schaffen freier Kunst sind schon am Pranger der Ablehnung verlacht und verspottet worden. Es wäre ermüdend, zu klagen. Risiko ist der Boden meines Überlebens, Enttäuschungen das Haus, das darauf gebaut ist, während meine Künstlerwirklichkeit eine ganz andere ist.

Da trete ich in eine Art Feenreich ein. Alle Zeit verändert sich, Hunger, Durst und Schmerzen ziehen in sich weiter Ferne zurate, und in einem Reich aus Alabaster und Karmin, zwischen Tuschen und Keilrahmen erwächst ein Park aus Staffeleien.

Seitlich schwingt der buntbefleckte alte Föhn. Von der hohen Studiodecke baumeln Malstöcke, Holzhammer, Leinwandscheren, Spachtel und Reißschienen oder die großen Wandmalschlagpinsel. Neben mir Büchersäulen, offene Schubladen voller Aquarelle, Kreiden oder Malmittelsortimenten. Durch die Fenster leuchten Kirchenglockenklänge in meine zeitlose Welt. Skalpelle, Federn, Blöcke und Modellgips, eine Wand aus alten Paletten – eine Welt nur für mich. Jetzt, beim Kuss in die Unendlichkeit, gibt es nichts, was nicht bewusst und freiwillig hergetragen wurde, nichts Unverwendbares in diesem Zauber, nichts, was stört. Nichts als die Malerei.

In der Allianz zwischen Schaffen und Sehen, in all meiner Schutzlosigkeit und Ekstase, da wartet ein Universum, das es neu zu besetzen gilt. Die Wahl ist nicht frei. Ich trage die Verantwortung der Freiheit, der Notwendigkeit meines eigenen Anspruches und dem meiner MitmalerInnen, von der Erinnerung bis weit in die Zukunft. Was für ein Erlebnis, vor dieser Leinwand zu stehen und alles das malen zu können, einfach alles. Keine Dimension zu schmutzig, zu kitschig, zu schräg. Surreal oder sachlich, wild und wüst, aber immer frei.

In all den Möglichkeiten liegt mein Weg. Der Kuss trifft sich im dämonisierenden Geruch meiner Farbdämpfe, betörend ehrlich. Er besiegelt die Hoffnung auf Hinschauer, auf Zukunft, auf das Überleben von Wahrnehmung. Ein Versprechen an mein Sein ist diese unmittelbarer Nähe, die Aufrichtigkeit vor mir selbst fordert, selbst wenn ich lüge. Weil es so schwer ist, ist es so leicht. Schlüpfrig und glitzernd gleite ich durch die Geschichte der Malerei und komme immer wieder auf mich zurück. Mit allem, was ich habe, komme ich vor, körperlich, traumhaft, albern, blitzgescheit und unerträglich dumm. Und damit es passt, verstecke ich es in Schichten zum Vexierbild, und das macht viel Arbeit.

Welche Wege nun die Kunstvermittlung mit meinen Bildern nehmen wird, kann ich schon jetzt nicht beeinflussen. Meinen Namen habe ich gut besetzt, im Museum waren meine Arbeiten schon, Einzelausstellungen habe ich zu hunderten ausgerichtet und über mich ergehen lassen. Es reicht nie, das Kapital zu erreichen. Eine Produzentengalerie habe ich bespielt, schließlich ein großes Kunsthaus, und immer noch war es nicht genug.

Die Virtuellen Medien haben das Interesse der Nutzer gekapert. Auch dort halte ich, von Anbeginn an, meine farbige Stellung. Es fördert Schlagabtausch, Auseinandersetzungen, Kontakte, mehr, als manche Ausstellung vermag. Hier sammle ich Kommentare zu meinen Arbeiten, die mich mit Freude beflügeln und an die ich bei der Arbeit oft denke. Das Gefühl, nicht nur für mich zu malen, sondern etwas geben zu dürfen, über die Zeit hinaus, ist ein ungeheurer Ansporn, nicht mit Details zu geizen.

Ein Rinnsal läuft ein zum Mastbaum, eine Spachtelkante lässt einen Panzer untergehen. Heiterkeit muss mit ins Bild, rinnt vom Lächeln meines Gesichts in meine Hände. Das Bild malt sich selbst, und ich darf wohlunterstützend zur Seite stehen und mich mit Unwesen unterhalten, solange es keine Probleme gibt.

Das eigentlich Schwierige ist, immer wieder das allzu Schöne, allzu Leichte zu zerstören. Infrage zu stellen, was viel zu leicht von der Hand fließt und ach so hübsch zu werden droht. Dem Konkreten, Gegenständlichen sein Geheimnis zu geben. Ja, es ist schwer, die unendliche Einsamkeit in ein geselliges Miteinander von Schattierungen oder Strukturen zu fassen, die sich in glattgemalte Feinheiten so verweben, dass sie am Ende Gewalt über Ohnmacht auszuüben vermögen. Wie oft schon blitzte ein perfekter Körper auf, lag das Lächeln einen Wimpernschlag zu lieblich. So oft, wie ich mit dem farbbekleckseten Pinselhaar wieder darüberfuhr, den Spachtel anriss und dann schaffen musste, den Blick wieder abzuwenden, um den Verlust nicht zu bedauern.

Und so vermag ich die Diskrepanz zwischen der Innen- und der Außenwirkung meines Tuns nicht zu verstehen. Die Bilder, die ich am besten finde, in denen ich Sensationen vermocht habe, mich überwunden und das mir Unmalbare bezwungen habe, mögen nur wenige Menschen sehen. Die wenig anregenden Bilder werden anerkannt und geschätzt, manchmal gekauft. Dennoch behalte ich den Malstock als Dirigentenstab fest im Mund, um zu sprechen.

Und heute plansche ich verspielt in der Routine von Erfahrungen, ohne selbstverliebt auf der Leinwand herumzutollen. Der Zufall ist geplant, nichts steht herum, wo ich es nicht sehen will, scheint, was es ist oder ist das Erwartete. Daher der Spaß, die Welt als Geschenk an meine Bildsprache voll malerischer Übersetzungen zu plündern.

Ich weiß noch, wie ich damals in meinen großen Kohlezeichnungen reifen durfte. Jahre des Hustens im Staub der sibirischen Reißkreide, wischend, schraffierend, in denen ich atemlos auf der Jagd nach der einen, der alles entscheidenden Linie die Schatten an meiner Malwand verfolgte und dem Gestalt gab, was sonst nur in Tagebüchern steht. Lustmörderinnen, Hommagen an die Calypso Braut und ihren Sitteninspektor, der treue Trottel in der Schule der Dämmerung, das eiskalte Händchen und die schöne Schweizerin – es war die Zeit, in der ich in die schier unendliche Welt der Grauzonen zwischen Schwarz und Weiß einsteigen durfte, immer wie unter einer Kreidedroge stehend, zeichnend, meinen eigenen Schatten davonspringend in hundert Linien befreite. Lernte, woraus Selbstlügen gemacht sind und Wahrheit wie Papier geschöpft werden kann. Das Haus voller lustiger Modelle, die ihre Körpersprache in Schattenrissen offenbarten, ich nur ein Scheinwerferkegel, glühend vor Lust zu zeichnen.

Das Glas zerbarst mit dem Freitod meiner Schwester. Ich prostete mir nicht länger zu. Frei-Tod, eine Umschreibung für unidentifizierbare Schmerzen von Verlust und Verzweiflung. Wenn ein Todesengel mit gewaltiger Faust durch meine Pergamente fährt, wie die Zugräder auf den Schienen jener Nacht, was eben noch mein Gegenüber war. Wie Libellenflügel ungeheuren Ausmaßes fallen all die leichten Blätter in die tote Tiefe von Staub, ist jedes Lachen lächerlich.

Plötzlich sprach ich nicht mehr die Sprache der Anderen. Losgelöst aus der Gemeinschaft meiner eigenen Schattenrisse ergriff mich die Dumpfheit und lähmte meine Linien. Mein Schatten und ich, vom Tod einander entfremdet, begannen sich zu belügen, Misstrauen zu verbreiten. Hatte ich nicht für meine Schwester gezeichnet, für alle Schwestern in der Welt, besonders für Ingrid?

Auf einmal, mit ihrem schwarzen Hund an ihrem Grab, war im Tränenregen keine Kohle, keine Kreide, die ich hätte fressen können, mich zu verstellen. Die Wölfin in mir begann knurrend den scheuen Rückzug. Meine Stimme blieb stumm. Das Schweigen wurde schwarz. Unfarbe der Fassungslosigkeit, ratlose Gesten vor schweren Kartons. Eine feine Blutspur rann ins Dunkel, die letzten Galeristen wandten sich in Verzweiflung ab. Draußen floss der Sommer fort, drinnen keine Farben, außer denen der Stille.

In mir begann es zu schneien, mitten im Juli, und ich begann auf Steinen zu arbeiten. Kostbar und selten lagen die großen Litho-Blöcke vor mir, weichgeschliffen von Künstlerhänden vieler Zeitfächer. Sicher vor den Fäusten und Handkantenschlägen der Racheengel, wie mir schien. Ihre schwere Unerschütterlichkeit schien mich zu beruhigen. Zitternd, mit schwachen Fingern begann ich zaghaftes Zeichnen, nach ihren Lebensadern mit der Feder tastend, forschend, zum Leben erwecken.

Bald, fast unbemerkt von mir, begann ich sie mit fetten Händen zu ohrfeigen, ätzte mit Tränen scharfe Grenzen. Ich warf mich auf sie, wie zum Liebe machen. Sie zeigten keine Gegenwehr, und so begann ich sie zu küssen. Den seidenen Glanz ihrer Glätte aufzusaugen. Zeitlose Zärtlichkeiten tröstender Zeitzeugen neu zu besetzen. Ihnen entwuchsen kraftvolle Engel aus Lippen, Händen und Scham, gewaltig zur Gegenwehr mit allen Liebesspuren gesegnet.

Ich erhielt einen Kunstpreis für diese Arbeiten. Der eigentliche Gewinn jedoch war das Überleben in Schuld. Ein Freitod zeichnet alle Lebenden schuldig. Heute liegt der erste Lithostein auf dem Grab meines Vaters, vielleicht hebt er ihn manchmal an, wenn er vorbeikommt, um mich zum Tee im Atelier zu besuchen.

Nach dem Leben und Lieben mit Steinen, Engeln und der gewaltigen Lithopresse kehrte ich zurück ins Atelier und begann die ersten Farben zu mischen, allesamt düster und bedrückend, bitterschwer, die Narben in trüben Farben. Ohne Schwester hieß es, doppelt wachsam zu sein. Meine erste Schuld auf dem Muttermallappen, frei vor lauter Verlorenheit.

Das Wunder bleibt bestehen, aus Trauer Farbe machen. Der Tod trug die Verpflichtung, tröstend zu tünchen, mir Farben zu schenken. Mein Bilderlächeln begann, seine Form zu suchen. Es sollte mich begleiten durch abertausend Bilder, in denen ich den Irrsinn der Welt in ihrer Gier und in ihrem Drama zu balancieren, die persönlichen Höllen zu beleuchten, die bittersten Tränen zu kolorieren versuchte. Und gerade jetzt und hier begegnen mir in den Kindertränen die irisierenden Farben des Regenbogens und setzen lichte Blautöne auf dunkle Haut. Keine modische Attitüde, aber dennoch Orientrosé in den erhobenen Häuptern der Mächtigen, erzählend von Feiern und Rituale in der Eitelkeit. Dieses Rosé zitiert die Salons voller Orgien an Geschmacklosigkeit und törichtem Sammelsurium, während tief unter ihnen die Verzweiflung, der Schrei der Welt nach Gerechtigkeit in ungebrochener Farbpalette nach dem Mond für alle brüllt, laut wie das Meer selbst.

8

Ich trete von der Leinwand zurück und lausche der Kirchturmuhr. Der Vormittag ist schon weit fortgeschritten, aber ich male gerade einmal Minuten, wie mir scheint in einer ganzen Ewigkeit. Natürlich ist das Gefühl, ungemachte Betten hinterlassen zu haben, das Muss-Einkaufsklima vollkommen ausgeblendet; Mülltonnen bleiben, wo sie sind, Unkraut wird nicht gezupft, und Fenster werden nicht geputzt.

In meiner Küche hängt ein Plakat auf dem steht: Frauen die malen, drücken sich vor der Arbeit. Weitaus wichtiger ist nun das Verweben feiner Pigmente, um es nicht zu einem dumpfen Farbbrei werden zu lassen. Es darf nicht schmierig verköcheln, was als Aussage gedacht ist. Es gilt, die Klarheit zu wahren.

Die große Holzpalette wird mit breiten Spachteln abgezogen, Messern geschabt, gereinigt und von gebleichtem Leinöl in Schalen begleitet, mit pastelllichten Farbteigtupfern versehen, den Weg der weichen Pinsel zu flankieren. Kaum wage ich zu atmen vor Spannung, atemlos nehme ich meine Schlepper auf. Schlepperpinsel sind lang und fein, in der Spitze an ihrer Fassung stehen sie dicht genug, viel Farbe aufzunehmen, so dass sie lange Linien hinter sich lassen.

Aus der Wirbelsäule heraus steuere ich die aufgelösten Fasern des Ariadnefadens, gesprungene Lippenlinien, zerschmetterte Konturen einer Flaschenpost, eine verlorene, helle Wimper auf einer feuchten, dunklen Wange, die sich narbengleich durch die Gewässer des Unbewussten ihren Weg bahnen. Die Linien fallen partiell ins Licht, wo sie von spinnenschnellen Fingern hingeworfen scheinen. Sie holen die Zeichnerin zu Hilfe und betrügen die reine Malerei.

Mit ihrer entschiedenen Lust am Eingrenzen verheddern sie die Geschichten und Sagen bis an den Horizont, denn sie kennen keine Grenzen, gottlob. Sind nicht zu bändigen. Atemlos verfolge ich ihre Geschichten und unterhalte mich dabei mit launigem Staunen. Die feinen Schlepperpinsel mit ihren langen, vibrierenden Stielen zwischen meinen Fingerspitzen treffen Entscheidungen. Sie setzen Akzente, wägen auf und ab, ironisieren, titeln und wissen um ihre Macht. Sie stören die malerische Klarheit und bestimmen Grenzen und Perspektiven. Ziehen ihre feinen Spuren zu Strukturen und Dichte.

Schnell geraten sie außer Rand und Band. Meine graphische Vergangenheit will mitreden und beginnt, mit literarischer Attitüde zu plappern. Vor nichts schrecken diese Schlepper zurück. Sie zu bändigen kostet Schweiß und Mut, denn sie tasten nach Kitsch, Sehgewohnheiten und Durchschnitt, um dann plötzlich auszuscheren und mit einer übermütigen Wendung das ganze Bild zum Kippen zu bringen.

Die Fächer verschatten ganze Bildanteile in Tiefen aus Dunkelheit. Pastelltöne heben das Licht an. Das Feilschen, Wägen und Wiegen beginnt. Der Streit mit mir selbst. Welche Linien werden im Wasser ertrinken? Welche werden Meldung machen, welche werden zur Realität? Eine Fleißarbeit, meditativ und fast mechanisch ist es, die Lichter auf die Spuren versunkener Schiffe in den Wellen zu setzen.

Woher das Licht kommt, bestimme ich, niemand sonst. Von dort weht ein Hauch hellstes Neapelgelb und hält den Augenblick fest. Leuchtfeuer der Erinnerung, die unseren Weg durch die Zeit markieren würden, wenn wir nur hinsähen. Strahlende Erinnerungen an den Moment, wo so und nicht anders die Sonne stand, sich eben eine Sturmwolke verzogen hatte, die, scheinbar, unseren Blick verhüllte.

Nein, dies zu schaffen ist nicht Routine oder Fleiß. Es ist ein Abenteuer, eine Schlacht mit mir selbst, mit allen Sinnen heißt es, mitzuerleben. Mit Spannung verfolge ich die Dramatik, laufe auf und ab wie ein Raubtier. Ruhelos, gierig nach dem Ergebnis hungernd, jedes Detail kontrollierend und jede Entscheidung mehrmals hinterfragend. Ohne Unterlass stelle ich mir selbst Fragen und beantworte allesamt widersprüchlich. Es ist kein Tanz, es ist der Kampf des Pinsels mit dem Licht in seiner ganzen Hoheit. Es ist das Licht, das die Entscheidungen trifft, das im Tableau steht, Farbigkeit oder trauertiefes Entsagen suggerierend, vom Sturz in verhängnisvolle Nacht bis zum strahlenden Lichttunnel.

So lange habe ich mir vorgebetet, dass ich nichts kann, dass es noch immer ungewohnt und ein lustvoller Tanz ist, wie sehr mir die Farben inzwischen gehorchen. Die Zeit ist reif, mir die eigenen Gleichnisse zu schaffen, Symbole neu zu besetzen und meine Bilder in einer Sprache erzählen zu lassen, die meine Seele zum Singen bringt. Die Vorhänge aus trüben Dunst, die in der Stadt den Himmel verhüllten, hier, in den Bergen der Eifel haben sie sich gehoben, das Licht einzulassen.

Kaum war das Licht da, wurden die Schatten härter. Wie nach der Askese die Lust, nach dem Fasten das gemütliche Sättigen leerer Ressourcen, ließ ich mein Malerherz frei. Die Gondelhälse, die ich mir als stilistische Erinnerung an meine Zeit in Venedig mitgenommen hatte, lösten sich in Licht und wurden langsam wieder zu Bäumen. Tiere wurden lebendiger und absurder, Boote fuhren durch die Wälder, Stadtkulissen tauchten aus den aufsteigenden Nebeln empor. Ein ganzer Spielsatz variabler Elemente, eine Zeitgeschichte der Zeit, Verzweiflung mit Humor gespiegelt.

Böse gedacht und malerisch verpackt, was im Kopf zum Grauen wird. In jeder Schlucht aber wartet ein Ausgang, ein Halt. Der Alptraum darf hier enden, ein Hochseil zum Höhepunkt schaffen und dabei über mich lachen. Ich darf stolz sein, Überheblichkeit aber straft sich selbst, schneller als ein Ferkel blinzelt.

Teufel, ist das schwer! Die ganze Kraft, die es braucht, ich borge sie mir beim Licht, der Luft, der Lebensfreude auch meiner Tiere. Alles ist machbar, solange ich verberge, wie sehr mich Menschen fürchten machen. Die Attitüden von abgeklärter Professionalität und draufgängerischer Wildheit schützen immer nur im Rahmen des inszenierten Selbstbildnis, daher ist Vorsicht und Distanz geboten.

Dann ist alles gut, dann schlage ich das hier heraus: himmelsblaue Weiten durchsegelnd, in blutrote Zukunft zu fliegen, am Karneval zu scheitern und im Sterben selbst die Liebe des Bewusstseins zu packen, zu ergreifen. Nicht wichtig, schön malen zu können, sondern etwas Besonderes zu sagen zu haben.

In der oberen Bildecke, rechts, wartet geduldig Ariadne und fesselt sogleich die Betrachter, dank der Schlepperpinsel, allesamt mitten ins Bild und zieht zusammen, was sich erkennen soll. Im Farbkreis liegen sich meist fremde Frauen gegenüber, die sich trefflich gegeneinander aufführen lassen. Ein Cadmiumorange mit Mauveschatten vor tiefgrünem Blatt an englischroter Felswand wird ein köstliches Gericht, wenn es auch nur das Auge sättigt. Und dann ein helles Türkis auf die Spachtelspitze mit ein wenig Umbra gesetzt, und ich fange die Szenerie in lustvoller Zärtlichkeit. Die Hölle der Malerei ist ein lustvoller Spaß, orgiastisch, leidenschaftlich, sinnlich. Ich genieße das Farbspiel voller Hingabe. So erregend gespannt ich mich der Leinwand nähere, wieder und wieder und wieder so befriedigt, kann ich mich nach wenigen Zentimetern Glück fallen lassen in die Freude und Lust des Sehens, die alle Sinne mit bedient.

Später, wenn das Malmittel angezogen hat, kann ich meine Freude am Schatten setzen auslebe, das macht sie ruhig und lässt sie aus der Magie farbpsychologischer Schätze schöpfen. Die Malerei und ich, wir lieben uns, spielen für andere Hand in Hand und schaffen Botschaften der Liebe.

Es war nicht immer so, dass wir ein so nahes Paar waren. Da war zunächst das Abarbeiten von Handwerk, der Kampf mit der Routine, die Gefahr von Eitelkeit, die erwächst, wenn etwas zu leicht fällt. Gerungen habe ich auch mit dem Sujet. Meine Welt war geprägt von der Malerfamilie mit allen ihren Maßstäben und Prinzipien, dazu die zeitgenössische Kunstszene mit dem Kunstmarkt und den Galeristenverbänden, und alles getragen von einer verzerrten und manipulierten Kunstgeschichte.

Die festgezurrten Bildgesetze und Weisheiten inmitten ihrer Zwänge. Eine spannungsreiche kreative Wirklichkeit, die vollkommen auf der Wahrnehmung und Inspiration männlicher Kollegen basierte. Nicht falsch, aber immer männlich. Die Rollenbilder von Frauen auf der Leinwand, vor der Staffelei oder in Performances waren verachtend, degradierend oder dekorativ, ihre Außenwirkung der Lächerlichkeit, zur Onanie oder Verachtung preisgegeben.

Es war nie anders. Hinter mir liegt eine, von weiblichen Genies gefilterte Kunstgeschichte, die mich unerbittlich hellsichtig aufstachelt, nicht zu vergessen. Eine Malerin wie Artemisia Gentileschi, perfekt ausgebildet, außergewöhnlich professionell, stärker als viele Zeitgenossen, wurde nicht nur zurückgesetzt und beiseite gedrängt, sondern seelenvernichtend vergewaltigt und missbraucht. Und sie hat nicht jämmerlich klagend privatisiert, sondern eine Judith gemalt, die mich Jahrhunderte später noch packend rührte.

All die Malerinnen, die, mit Schweigen bedeckt, in Museumsarchiven dem Vergessen überlassen, niemals ein Kassenmagnet werden, machen mich rachedurstig bis heute, wo die Stipendien und Förderpreise, die eine Karriereleiter aufrichten können, für Frauen oftmals so früh terminiert sind, dass Kinder für sie keine Option mehr darstellen. Es hat sich nicht geändert und doch: den vaginalen Ausfluss schockierender, unaussprechlicher Frauengeilheit nimmt der Markt mit, um zu locken.

In der Malerei stellt man Frauen dar und schaut darauf, aber sie agieren nicht, schauen nicht auf den Betrachter. Wenn es um Kapitalanlagen von Banken und Millionären geht, braucht es den Penis als Pinsel. Aussagen sind völlig zu vernachlässigen. Wenn der Markt von Qualität spricht, sind sie nicht mehr als die Dekoration des Portfolios. Erst wenn genauso viel schlechte Malerinnen wie Maler in den zeitgenössischen Märkten gehandelt werden, bin ich bereit, mich zu besänftigen.

Hätte es nicht Valie Export, die junge Niki de Saint Phalle gegeben, ich wäre verzweifelt. Und nicht nur ich. An der amerikanischen Westküste begannen Künstlerinnen, mich mit ihrer Arbeit zu bestätigen und zu inspirieren, es lag schon auf der Palette. Meine Unvorstellbarkeit geteilter Welten gegen die Einsichtigkeit aufzumischen, nicht als seien mein Gehirn und mein Körper halbiert in Wirklichkeit und Spiegelreflexe. Wenn ich bei allem, was ich wahrnahm, die Rollen tauschte, in Gemälden, Opern, Comics, Romanen oder der Werbung Männer in Frauenposen einfügte, wurde die Wahrnehmung lächerlich. Genau dort stand die Entwicklung von Künstlerinnen, in einem See von Pisse der Verachtung. Es konnte nicht meine Kunst sein. Es war nicht frei.

Mit Vorurteilen über »Malweiber« könnte ich Buchreihen füllen, und noch mehr über ihr Scheitern. Meine Familiengeschichte ist geflochten aus Leinwandfasern zum Scheitern gepresster großer Künstlerinnen.

Aber nein, nicht mir, ich habe ausgekeilt in mänadischer Raserei, Kniescheiben zersplittert, Galeristen schockiert und Bürger verstört mit Aktionen, Performances und immer wieder mit meinem frechen Mundwerk. Wenn ich an den Augenblick denke, als ich meinem betrügerischen Kunsthändler das Passepartoutmesser an den Schritt hielt oder bei einer Ausstellungseröffnung vor großem Publikum einem Bonner

Galeristen, als er unbedingt eine Performance von mir sehen wollte, mal eben den Playboyhasen aus dem Mercedes geschweißt habe, wird mir warm und wohl. Ein böser Ruf tut Mädchen besser als beigestellt in Vergessenheit zu dauern. Mit dem Kopf im Sand verbrennst Du Dir den Arsch.

So las ich nur Bücher von Frauen, hörte ihre Kompositionen, sah ihre Theaterstücke, um meiner Blindheit ein Schnippchen zu schlagen. Ich verkleidete mich und lebte als Mann, um die Gegensätze zu kippen, und liebte ausschließlich Frauen. Letztlich aber teilten auch die anderen Frauen meine Sittengeschichte, agierten oder reagierten damit. Ob kampfbereit aggressiv oder schmeichelnd bemüht versuchten sie, wie ich, ihr Genie in einer Männerwelt zu gestalten, die darüber weder erfreut war noch bereit, mit uns umzudenken.

Mit dem Blick auf mein eigenes Geschlecht begann eine andere Wahrnehmung. Ein Prozess begann, in dessen Verlauf ich neue Männerfreundschaften schließen konnte und Frauen als Eroberin betrachtete. Es machte mich, frauentechnisch gesehen, unkritischer und distanzloser. Allerdings hörte ich auf, ihre Leistungen kritiklos zu anzuerkennen. Ich gebe zu, es muss meine Geliebten verstört haben.

Meine Leinwände jedoch begannen zu wachsen, in Format und in Inhalten. Jetzt verstand ich, warum ein verstellter Blick auf das eigene Geschlecht den Radius meiner Palette beengt hatte – die gleiche Falle, in die schon die patriarchalen Männeraugen sich begeben hatten. Themen sprangen mich an, wie Raubtiere im Dschungel der Unmalbarkeiten.

Mein größtes Statement sollten meine »Rosa Winkel« werden. Als wären meine Augen größer, heller, der Horizont unverstellter geworden, arbeitete ich mich durch die Erkenntnisse des Nichtkennens. Einfache Tuschezeichnungen, auf großen Dreiecken in hellem Rosé, einzeln eingeschweißt.

Auf jedem waren Szenen, Zitate, Bilder, quer durch die Sitten und Kulturen. Ich wollte allen Schaffenden der Kulturgeschichte, die aufgrund ihrer Homosexualität verfolgt, inhaftiert und ermordet worden waren ein bildnerisches Denkmal widmen. Zu meinem Entsetzen wurden es viele Hundert Arbeiten. Jede Diktatur der Welt schien mit dem Ausmerzen solcher Menschen begonnen zu haben, ihre Macht zu stärken. Heißt das etwa, die Familie als kleinste Staatszelle ist lenkbarer, erpressbarer?

Meine getuschten Dokumente hingen an einem riesigen Pentagram, und an den Zuschauern zog eine fast endlose Reihe von Schicksalen von Denkern, Poetinnen und Künstlern vorüber. Verstörend, die letzten Dokumente gerade ein paar Jahrzehnte alt. Die BesucherInnen konnten die Arbeiten am Schluss abschneiden und mitnehmen, was dazu führte, dass überall in Köln rosa Winkel umhergetragen wurden, die wegen ihrer unhandlichen Größe nicht zu verstecken waren. Damals dachte ich, Bewusstsein geschaffen zu haben, stand in meiner Perücke von Boy George strahlend auf der Galerie.

Nur wenige Wochen später war ich inmitten der gleichen Ausstellung in Berlin auf dem Konrad-Adenauer-Platz und wurde derenthalben mit einem Schlachtermesser bedroht. Reine Kunst darf politisch, ideologisch sein, wenn die Übersetzung stimmt, aber sie hat oft einen hohen Preis, die Freiheit.

Heute, inmitten des Rausches von Fülle und Virtuosität, weiß ich um die Bedeutung dieser Erfahrung. Heute weiß ich um diese intime Kostbarkeit des Küssens meiner eigenen schwachen Sterblichkeit. Es wird kein Frosch, kein Prinz daraus, es wird ein Bild, einfach ein Bild. Vielleicht wird es gesammelt werden, verkauft, versteigert oder vergessen, aber es ist immer ein aufrichtiger Gipsabdruck meiner Seele. Es ist immer ich, und mir und nur mir bleibe ich die Wahrheit schuldig. Mich sehe ich nicht, wie auch beim Kuss in unmittelbarer Nähe das Gegenüber zu verschwimmen scheint, verzerrt vom Duft an alle Sinne vergeben vor Sucht nach Nähe.

Ein neues Rot braucht es an einem vom Weinen entzündeten Mundwinkel. Mir genügt kein Rot aus der Tube, auch nicht aus meiner ach so großen Sammlung. Eine kleine Messerspitze lichter Ocker, ein paar Pigmente Lila, eine Viertelmesserspitze Mohnrot, ein Krümel Schwarz. Auf der Glasplatte mit dem Stößel feinzerrieben, gebleicht im Leinöl in fast meditativem Kreisen um mein Wunschrot. Ein kleiner Teig entsteht, der mit dem Spachtel immer wieder aufgefächert und zusammengeschoben wird, endlich, noch mit dem Malmittel verdünnt, in eine Porzellanschale verbracht.

Es wird. Das entzündete Hellrot, Schweiß und Tränen verschmiert, wird ins kalte Flusswasser versenkt. Es sind nur wenige Millimeter, kaum zu sehen, und doch erzählen sie von Lust und Schmerz. Auf manche Mundränder verteile ich davon, in den Augenwinkeln wirkt es anrührend, verletzlich. Fast übertreibe ich es mit den Fingernagelbetten. Zuviel Wirklichkeit stumpft den Blick, aber ich will die Betrachter bis hierher glücklich haben. Das Verstehen soll langsam in der Tiefe wurzeln, jede Plattheit würde dies verhindern. Gerade bei dunkler Haut wirkt helles Rot schnell aufgesetzt und künstlich, also verschließe ich meinen Farbnapf, bevor ich kein Ende mehr finde.

Jetzt kommt das helle Blau von Adern. In kleinsten Mengen hat es seinen Einsatz und wird mit Schleppern in die feinen Äderchen der weißen Augäpfel gezogen. Unterbrochen von Nässe, Tränen, Meerwasser und Lichtspiegelungen, so verwandte Materie und auf der Leinwand doch so verschieden zu gestalten und zu bedenken. Vor Konzentration höre ich fast auf zu atmen. Nur ein paar Adern zu viel in die Augen, und die Geschichte kippt mir in realistische Illustration ab.

Überhaupt strengt das Weglassen, der Mut zu Weniger, am allermeisten an. Immer wieder die Vernunft ausfahren, wegnehmen, eingrenzen, aufgelöst lassen, immer wieder Nischen für den Blick zu schärfen, Orte zum Ruhen und Zweifeln, ehe die Reise in den Wahnsinn weiterführt. Das sind Augenblicke, da laufe ich hin und her vor der Leinwand, kreise um die zermürbte Ratlosigkeit der Selbstentgrenzung. Und plötzlich finde ich mich wieder, ganz brav vor der Staffelei sitzend, in der Hand die Palette und beobachte, wie ein Stein ins Wasser fällt und seine Kreise zieht, ganz ruhig, mitten im Sturm.

Wenn ich jetzt zurücktrete, die Schlepper zwischen den Zähnen und zwischen jedem Finger einen Katzenzungenpinsel, zaudere ich schon. Das Gesicht der Loreley auf ihrem Felsenriff ist einfach zu lieblich ausgeführt. Es missfällt mir, dass sie in ihren Zügen zu ausgearbeitet scheint, sie sollte gespenstischer sein, bedrohlich. Gern sähe ich sie verführerisch, doch eher sardonisch.

Es schmerzt mich, ich bedaure zutiefst. Niemand wird je dieses schöne Gesicht sehen. Ja, es fällt sehr schwer: der breite Edelstahlspachtel blinkt auf im hellen Atelierlicht. Seine schneidige Bereitschaft trifft die Entscheidung. Ich setze an, oben links in der lichten Weite, und dann ziehe ich ihn in einer geschwungenen Schleife bis zum Horizont herab. Mit aller Kraft, die aus meinem Rücken kommt, durch den unveränderbaren Winkel atemlos, schabend, kratzend, Stahl auf Segeltuch und Gesso. Die ganze Leinwand vibriert und zittert. Als ich wieder den Mut finde, zurückzutreten, ist der Felsen samt den zerschmetterten Booten fort. Mit ihm die Loreley, mit ihrem Tautropfen-Körper, dem Haar aus Wind und ihrem lieblichen Lächeln.

Auf der nebligen Grundierung haucht mich noch die Silhouette ihres Schattens an, die Meerestönung ihrer Haut, die bizarren Kanten ihres Felsens.

In meiner Faust der Breitspachtel, der nun einen dicken glänzenden Lindwurm trägt aus vielen hundert Farbnarben. Gewissensschwer wölbt er sich über der Schärfe meines Entschlusses, trägt als Opfergabe alle die kostbaren Farben dieses Vormittags, eine ästhetische Klage!

Ohne hinzusehen, ergreife ich eine kleine Leinwand und setze an, ziehe in einer Spirale den Spachtel ins Weiß. Schon liegt die Grundierung für ein neues Bild in aller Sparsamkeit und Schönheit bereit. Trotzdem kann ich keine neue Bindung eingehen, noch bin ich vergeben an jemand anderen und wende mich wieder um. Pinsel waschen und zurück auf Anfang.

Mit neuer Erfahrung, den Felsen jetzt massiver. Wie aus Nebeln geschnitzt, lässt er sich mit 20 leichten Drehungen aus dem Handgelenk aufbauen. Und plötzlich wird er zu einer anderen Aussage, einer neuen Sehwelt in alter Willenskraft. Er kann Türme in sich tragen, ein Minarett, eine Stadt, vielleicht sogar eine Müllhalde inmitten der lichten Mittagssonne – ein Kulissenteil, hinter dem der aufkommende Sturm das Verhängnis verbirgt, das er in sich trägt. Selbst die hängenden Gärten der Semiramis haben ihre Assoziationsstärke.

Es nimmt mir den Atem. Meinen Mut bezahlt mir das Bild, indem es sein Versprechen einlöst. Die Wrackteile zu Füßen des Gebildes scheinen von Ratten im Flug verlassen zu werden, der letzte Kapitän salutiert zu seinem Untergang. Eine Mutter, mit ihrem Kind starr an der Hand, verloren, dem Schicksal ergeben. Es ist nicht dem Diktat meiner Pinsel Folge zu leisten, sondern nur die Idee eines Geheimnisses ist angedeutet. Der Rest ist Freiheit, der Rest ist Möglichkeit!

Die Verführung durch die Loreley übersetze ich jetzt mit blassen Schattentönen aus Schicksal, Fluch und Verhängnis. Die dem Licht zugewandte Seite hinterlege ich mit kleinen Akzenten von Neonfarben, die mir mein Kölner Farbenhändler zum Ausprobieren geschickt hat. Die Loreley wird zum Werbeträger der Nacht in uns selbst am helllichten Tag. Atemlos sinke ich zurück auf den Malhocker und zünde mir eine Belohnungs-Zigarette an. Von der Kirche läuten die Mittagsglocken, und ich feiere gerade ein Fest mit mir.

Da hocke ich und sehe auf das, was entstand, weil ich verworfen habe. Immer war es so. Wenn ich glaubte, etwas vollendet zu haben in meinem Lebensskizzenbuch, habe ich die Seite umgeblättert, und niemand war darüber erfreut. Es ist, als müsste man dafür bestraft werden, etwas gewagt zu haben. Der Preis jeden Neubeginns war hoch, doch für mich letztendlich ein Gewinn. Mich zu entgrenzen und immer wieder zu erfinden, dem allzu schnellen Lob entwischen. Etwas Anderes tun auch meine Bilder nicht, darin sind wir verwandt. Sie verlöschen miteinander wie Kometen und steigen heller auf, wenn wir verstehen, warum unsere Welt gerade untergegangen ist. Loreley sei mein Zeuge.

Wenn ich jetzt meine Augen schließe, kommen die Bilder und treten mir nahe, denn ich habe sie selbst gelebt. Die Bühne des Opernhauses, auf der ich tanzte, während unter mir das schwarze Loch der Zuschauer gähnte. Eisige Schneeweiten, durch die ich mich mit Schlittenhunden kämpfte oder venezianische Nächte, in denen ich Orgien zeichne. Augenblicke, die ich nicht mit meiner Leinwand teilte und liebte, ihr nahe war, in denen ich selbst Teil eines Bildes war, als Mitwirkende, schrill, ungehorsam, ein Fabelwesen.

Es war die Zeit der Sinne, ungehorsam grenzenloses Empfinden von Blicken, Gerüchen, Bewegung. Die Hälse der Gondeln, nebeneinander im Wellengang nickend, Embryos der Gezeitenströme, obenauf. Augenpaare, die mir folgten, Frauen von anderer, gewählter Schönheit unter gelegten Frisuren verborgen.

Das alte Kino »Malibran«, das am Abend aus dem Nebel erstand, all die Familien voller Leben und Picknicktaschen in Endlosschleifen beim Lamentieren zu begleiten. Und nachts, neben dem »Teatro La Fenice«, mit den Tänzern essen zu gehen, scherzen, tanzend in ihren Orgien zu anderem Leben zu erblühen, bei denen die Nachbarn applaudierend in den Fenstern ruhend zusahen.

Meine eigene Sexualität noch schlummernd, irgendwo, erigierte im Zeichenstift oder der geschliffenen Nadel meines Grabstichels. In Venedig war ich noch der weiche Pinsel, der sich vollsaugt, bevor er auf das unendlich unberührte Weiß platscht. Der Welt, in der ich lebe, bleibt Beides verborgen, mein Treiben in und hinter der Leinwand. Zu unheimlich wäre es, sich darauf einzulassen, denn nicht jede meiner Geschichten eignet sich zur Dekoration.

Wo verläuft eigentlich die Grenze zwischen der Leinwand und mir, der Malerei und der, die sie erschafft? Ich sehe mich genauso vor der Leinwand mit dem Pinsel in der Hand wie auch mittendrin in dem Farbgetümmel als Produkt meiner eigenen Fantasie. Als Objekt der Schöpfung, nicht als Erschafferin. Habe ich mich nicht längst aufgelöst in den Sphären zwischen der Idee und dem Werk, lebe eigentlich auf der Pinselspitze in einem eigenen Universum, das als abgeschlossenes System funktioniert, ohne Zugang und Ausweg?

Die Malerei hat mich mit Haut und Haaren verschlungen. Sich der Kunst hinzugeben, kann keine halbe Sache sein. Wenn es ernst ist, kostet es Dein Leben. Doch die Kunst schenkt Dir als Dank ein neues, komplett anderes, das mit Deinem bisherigen nicht das geringste zu tun hat.

Es ist wie der Eintritt in ein Kloster. Alle Brücken werden abgebrochen, die schwere Holztür, die den Konvent nach außen abschirmt, schließt und behütet Dich sicher in einem neuen Dasein. Nichts ist mehr so, wie es war, nichts wird mehr sein und auch niemals mehr so werden. Es gibt kein Zurück.

Stattdessen wartet auf die Novizin ein Dasein als Hohepriesterin im Tempel der Kunst und der Malerei. Wer die Kunst wählt, bezahlt das mit seinem Leben. Doch wie unendlich schön ist es, befreit von den Zwängen des alten Ichs seinem Weg zu folgen und das Schicksal zu leben.

Es war an einem Dienstag im Jahr 1970, als sich die Tore zur Welt der Farben und Formen auftaten, um mich endgültig und auf immer zu verschlingen. Endlich war es so weit: Ich durfte an den Aufnahmeprüfung der Kölner Werkkunstschulen teilnehmen. Wie oft hatte ich in der Eisdiele an der Ecke des Ubierringes gesessen und sehnsüchtig auf die gegenüberliegende Straßenseite geblickt, wo die Novizen in die geheimen Künste des magischen Zirkels der Künstlerschaft eingeführt wurden.

Der Wecker klingelte um sechs, doch ich war schon lange wach gewesen. Ich war nicht aufgeregt, ich war am Ende meiner Nerven. Ein Prüfungsmensch war ich nie, und bei dieser Prüfung würde es um Leben oder Tod gehen. Und doch war ich mir irgendwie sicher, dass ich es schaffen musste, denn irgendein Seitenzweig meines Wahns suggerierte mir, ich hätte Talent, ich hätte Begabung. Niemand erhob Einspruch, machte mich darauf aufmerksam, dass es darauf überhaupt nicht ankommt, sondern auf das, was man aus einer eventuell vorhandenen Begabung herauszuholen vermag. Stattdessen vernahm ich aus dem chaotischen Chor, der in meinem Kopf Panikgesänge intonierte, nur die Stimme, die mir einredete, mich jetzt nicht so anzustellen, endlich zur Aufnahmeprüfung zu gehen und sie gefälligst zu bestehen.

Wenige Monate vor dem Abschluss meiner Lehre zur Buchhändlerin war ich zu meinen Eltern gegangen, hatte ein dramatisches Gesicht aufgesetzt und sagte: »Entweder ich darf Kunst studieren oder ich werde sterben.« Zu meiner Überraschung fanden sie das vollkommen verständlich. Ich habe das oft und gern der Überzeugungskraft meines Auftrittes zugeschrieben, muss allerdings zugeben, dass meine Familie die Buchhandelslehre vielleicht als letzte Möglichkeit angesehen haben mag, mich vor dem kargen und harten Dasein als Künstlerin zu bewahren, begeistert waren sie aber nicht. Es war eine Berufsberaterin vom Arbeitsamt gewesen, die etwas irritiert reagiert hatte, als ich auf die Frage, was ich werden wollte, mit »Malerin« geantwortet hatte.

»Nein«, sie hatte den Kopf geschüttelt, »nein, das ist kein Beruf, das ist ein Hobby! Das schaffen Sie keine drei Jahre, ohne putzen zu gehen. Aber – was können Sie denn?«

»Zeichnen!«

»Nein!« Langsam wurde die gute Frau unwillig. »Ich meine etwas anderes. Was tun Sie denn sonst noch so?«

Ich war verwirrt. Etwas anderes außer malen und zeichnen kam in meiner Welt nicht vor. Aber enttäuschen wollte ich sie nun auch nicht, deshalb sagte ich vorsichtig: »Vielleicht – lesen?«

»Na wunderbar«, rief sie und fuhr fort, bevor ich es mir anders überlegen konnte: »dann werden Sie Buchhändlerin!«

Die Benziger Buchhandlung am Gürzenich wurde für würdig erachtet, meine verfluste Gedankenwelt so zurechtzustutzen, dass am End ein gedeihlicher Broterwerb dabei herausschaue. Die Wahl fiel leicht, denn die Benziger war der Haus- und Hoflieferant meiner Großmutter, und bei deren Bücherkonsum wagte man nicht, der guten Stammkundin einen Wunsch abzuschlagen.

Für Marta waren Bücher ein selbstverständlicher Bestandteil ihres Lebens. Das schlimmste, was sie über einen Menschen zu sagen wusste, war: »Er liest nicht!« Dazu pflegte sie ein Gesicht aufzusetzen, als betrachte sie ein außergewöhnlich ekliges Insekt. Tatsächlich liebte auch ich Bücher, und so gab ich mich ergeben in mein Schicksal und zog als Sortimentslehrling im deutschen Buchhandel in die Kölner Geschäftswelt ein.

In meiner Erinnerung scheint sich die Tätigkeit eines Sortimentslehrlings zuerst auf das fachgerechte Abstauben zu beschränken und, um die Assoziation der neonerhellten

Lagerflächen an einen Folterkeller perfekt zu machen, auf kaufmännische Buchhaltung, in der sich meine während der Schulzeit gepflegte Rechenunfähigkeit nahtlos fortsetzte. Erst später wurde ich auf die zahlende Kundschaft losgelassen.

Nur zu gern würde ich den Eindruck erwecken, als sei die Benziger Buchhandlung ganz schrecklich gewesen, aber das stimmt so nicht. Sicher, die Benziger war als katholische Buchhandlung derart spießig und dröge, dass es selbst in dieser grauen Zeit unangenehm auffiel, die Neonlampen trieben mich in fortgeschrittenen Trübsinn, aber dafür waren die Kollegen nett und interessant, denn sie wussten viel über Literatur, und das tröstete mich über den Verlust der Malerei hinweg, schließlich liebte ich Bücher wirklich. Nur – verkaufen konnte ich sie nicht! Obwohl das so nun auch wieder nicht ganz richtig ist. Begeisterungsfähig wie ich war, gelang es mir stets, meine Emphase den Kunden derart mitzuteilen, dass ich noch die größten Ladenhüter zu Bestsellern hochtrieb. Kritisch wurde es allerdings, wenn es ans Kassieren ging.

Heimlich bin ich sicher, dass ich und meine Zahlenphobie den Konkurs der Benziger Buchhandlung zu verantworten haben. Sie kann sich einfach nie mehr von meinem ruinösen Treiben hinter ihrer Ladentheke erholt haben! An keinem Abend stimmte die Kasse, Stunden verbrachte ich den Tränen nahe vor endlosen Zahlenreihen auf der Suche nach einem unauffindbaren Fehler, der einen imaginären fünfstelligen Fehlbetrag suggerierte. Einmal verkaufte ich unschuldig und gutwillig ein paar Spiele und löste damit eine heillose Konfusion aus, denn laut Kassenrolle hatte ich dafür mehrere Millionen eingenommen. Schließlich gab man den hoffnungslosen Kampf mit meiner Rechenunfähigkeit auf und ließ mich Schaufenster dekorieren oder Geschenke verpacken, was ich begeistert tat, erinnerte es doch entfernt an eine kunstschaffende Tätigkeit.

Erst als unter dem Eindruck der auflebenden Kunstmetropole Köln meine Malleidenschaft wiedererwachte, wagte ich aufzubegehren. Der Leiter der Buchhandlung hatte voller männlicher Freude eröffnet, die Angestellten sollten in Zukunft als »Benziger-Hostessen« die Bücher in der »Benziger-Hostessen-Uniform« verkaufen. Im wesentlichen oder besser gesagt im unwesentlichen bestand diese aus rotgestreiften Hotpants und, zur katholischen Entsexualisierung, steifgebügelten Hemdblusen. Und als er sich dann noch abfällig über mein »ständiges Rumgehopse« ereiferte, trat ich vor ihn hin und kündigte.

Frei! Endlich frei! Es war wie im Traum. Doch zur Aufnahmeprüfung in Köln durfte ich noch immer nicht. Nun kam es mir zugute, dass meine Großmutter eine nicht ganz unbekannte Malerin war. Auf mein hartnäckiges Drängen hin nahm sie Kontakt mit ihrem alten Bekannten, Professor Gerster auf. Da es den Professoren gestattet war, einen gewissen Anteil der Studierwilligen auf eigene Verantwortung in ihre überfüllte Klasse zu stopfen, sah ich hier meine Chance, doch noch zur Prüfung zu dürfen. Näher und näher rückte der Tag, an dem ich zu ihm sollte, und immer höher wuchs der Stapel der Zeichnungen, die ich für diesen Augenblick anfertigte, genauso wie meine Nervosität. Denn ich wusste, würde ich abgelehnt werden, würde es mich mein Leben kosten.

Professor Gerster hatte sein Atelier in einem Haus am Ubierring, direkt neben der Kunstschule. Mein Vater ging mit mir dorthin und übergab dem Künstler meine Mappe, während ich mich ängstlich in die hinterste und dunkelste Ecke quetschte. Und während er Blatt um Blatt meiner Mappe ernsthaft und wortlos studierte, schwitzte ich, als hätte ich mich in eine Sauna geflüchtet.

Langsam und sorgfältig wendete er die Zeichnungen, betrachtete die Gemälde und studierte gewissenhaft, was ihm vorgelegt worden war. Er hatte ein freundliches Gesicht, die Augen umrahmt von einem Kranz verschmitzter Fältchen, und wenn er durch seine goldgeränderte Brille ein weiteres meiner Werke studierte, ertrank ich beinahe in einem weiteren Schweißausbruch.

Was ihn bewogen haben mag, nach, wie es mir vorkam, mehreren Stunden, meinem Vater zuzunicken, weiß ich bis heute nicht. Vielleicht konnte er an mir eine gewisse Besessenheit feststellen, schließlich war meine Mappe knapp einen halben Meter dick, vielleicht war er meiner Großmutter verbunden, oder er wollte auch nur verhindern, dass ich Deutschland mit der Registrierkasse zugrunde richtete. An dem, was er dort von mir gesehen hatte, kann es kaum gelegen haben, denn wenn ich an die Mappe denke, die ich damals so stolz präsentierte, schaudert es mich heute noch.

In den Zeiten, als Beuys seine Thesen formulierte, die jeden akademischen Kunstbegriff auf den Kopf stellten, Vostell Konzertflügel von Hochhäusern warf und die Wiener Aktionisten anlässlich des »Happening- und Fluxusfestivals« den Kölner Kunstverein knöcheltief unter Schweineblut setzten, hatte ich ein Seestück in Öl fabriziert, dass in seinem Grauen unfassbar war. Zentimeterdick hatte ich die teuren Farben zu einer monströsen, graugrünen Masse verschmiert, in der nackte Meerjungfrauen in absurden, unanatomischen Verrenkungen einer Horde mißgebildeter Neptune zuwinkten. Der Himmel ballte sich verkleistert und lichtlos am oberen Rand zusammen, während eine offensichtlich seeuntüchtige Barkasse sich ziellos einen Weg durch die wogenden Farbmassen bahnte, ihrer Mannschaft verlustig geworden, die sich wohl über Bord gestürzt hatte, um das Elend nicht mehr ertragen zu müssen.

Ein weiteres überdimensionales Machwerk zeigte eine Szene auf einem marokkanischen Markt. Die selbstgewählte

Thematik hatte ich sehr frei interpretiert, zumal ich nicht die geringste Idee hatte, wie es in Marokko auf einem Markt aussehen könnte. Das Ergebnis war eine misslungene Mischung aus dem Wochenmarkt in Nippes und Tausendundeine Nacht, ausgeführt in bald fingerdicken Farbschichten. Neben einem Märchenerzähler mit verzerrten Zügen wanden sich, anscheinend in schrecklichen Schmerzen, mehrere Dutzend knapp bekleideter Tänzerinnen, während sich gigantische Schlangen in schreienden Farben um die wenigen Marktstände wanden. Den Hintergrund bildeten phantastische Paläste, die mit entstellenden Mosaiken überzogen waren, was in meiner Erinnerung dem Ganzen den Eindruck eines kreischbunten Wartesaals gab. Dazu hatte ich noch unzählige Skizzen gelegt, die in all den Jahren auf den Friedhöfen Kölns entstanden waren und ungefähr genausoviel Blätter zeigten, wie die Stadtwerke in einem durchschnittlichen Herbst von den Straßen räumen.

Professor Gerster wuchtete den Riesenstapel mühsam auf einen Tisch und räusperte sich.

»Nun, Sie dürfen zur Aufnahmeprüfung kommen. Und wenn Sie weiterhin fleißig sind, und dass Sie das sind, sehe ich ja«, er blickte noch einmal ausdruckslos auf den wackeligen Turm aus Papier und Leinwand neben sich, »dann werden wir uns vielleicht an den Werkschulen wiedersehen.«

Nun war es soweit, die Aufnahmeprüfung wartete auf mich in den für mich heiligen Hallen am Ubierring. Ich hatte mich vollkommen normal angezogen, das heißt, das alte Feinripp-Turnhemd, in dem ich seit Monaten sozusagen wohnte, den herbstbunten, aus einem alten Webteppich geschneiderten bodenlangen Rock, die Haare zu schweren Nhtoschi-Zöpfen geflochten und gebändigt mit dem selbstgebastelten Indianerstirnband aus Wellensittichfedern, das mir an diesem schweren Tag Glück bringen sollte – mehr oder minder also so, wie ich immer aussah und auch eigentlich jeder, den ich in irgendeiner Weise akzeptabel fand.

Als ich die schwere Metalltür weit genug beiseitegedrückt hatte, um mich durch den schmalen Spalt in die Werkschulen zu quetschen, blieb ich bezaubert stehen, denn vor mir stand ein wirklicher Künstler: dünn und hager, aber gekleidet in einer Art degenerierten Benzinger-Hostessen-Uniform, deren goldenes Top und winzige Hot Pants als Zugeständnis an die winterlichen Temperaturen mit rosa Netzstrümpfen ergänzt waren. Die langen Haare hingen strähnig und fettglänzend herunter und umrahmten ein hageres, durch knallgrüne Lidschatten geschmücktes Gesicht, das von einem Stirnband überkront war, von dem bonbonfarbene Karnevalsfedern herabhingen. Die Gestalt sah mich und schluffte auf mich zu. Au, dachte ich, der ist wichtig, das sieht man sofort, jetzt bist Du hier, jetzt wird alles gut, der studiert hier, nein, der ist mindestens Dozent!

Der wichtige Künstler stellte sich vor mich und musterte mich und meinen bunten Rock unter herabhängenden Augenlidern.

»Hi«, nuschelte er an der kleinen Meerschaumpfeife in seinem Mundwinkel vorbei, »Jürgen Buff. Buff wie Bordell«, und hielt mir eine schlaffe, einem rohen Steak nicht unähnliche Hand zur Begrüßung hin. »Kann ich Dich malen?«

Boh, dachte ich, Professor Buff, das ist ja wohl klar, und er spricht dich auch direkt an, jetzt kann nichts mehr schiefgehen, und sagte geschmeichelt: »Ja, natürlich!«

Er nickte, Professor Buff hatte offensichtlich nichts anderes erwartet. »Und«, fuhr er fort, »nimmst Du die Pille?«

Jetzt war ich doch etwas erstaunt. »Warum?«

»Na, dann geht das alles in einem Aufwasch!«

Verwirrt lächelte ich und drückte mich verlegen und wortlos an ihm vorbei. So genau hatte ich nun doch nicht verstanden, wovon er geredet hatte. Aufgeregt sah ich mich um.

Die Kölner Werkkunstschulen brummten. Wer auch immer den Betonzweckbau aus den sechziger Jahren mit den auffälligen Dekorationsknubbeln an der Außenfassade »Busentempel« genannt hatte, dürfte mehr als Humor bewiesen haben. Auf den Plätzen mit der besten Aussicht hatten sich unauffällig die älteren Semester, Tutoren, Mentoren und Dozenten postiert, um zu kontrollieren, was die Aufnahmeprüfung denn so an Frischfleisch in die Klassen schwemmen würde. Entnervte Prüflinge standen in den Fluren und harrten der Dinge, die da kommen sollten. Aufgeregt wurde getuschelt, hin- und hergelaufen, gerufen, getrappelt, mit den Türen geschlagen. Und es roch auch nicht mehr wie sonst nach Terpentin und Leinöl, sondern nach Angstschweiß, Zigaretten und was auch immer dem Tabak beigefügt worden war.

Die Methode meiner Mitprüflinge, ihre Nervosität mittels cannabishaltiger Substanzen auf die in Kunstkreisen angesagte Coolheit zu dämpfen, war mir fremd. Ich kämpfte mich durch die schweren, süßlich duftenden Schwadenin ein stilles Eckchen und probierte dort mein aufgewühltes Nervenkostüm mit mehreren Dutzend Mars-Riegeln zu besänftigen. Das gab mir die Gelegenheit, mich in Ruhe umzusehen. Grob konnte man uns in zwei Gruppen teilen – die einen, zu denen ich mich zählte, waren bunt und unkonventionell gekleidet und strebten zur freien Kunst. Wir hatten, wie gefordert, einen Aquarellkasten, eine Feder, Tusche, einen Bleistift dabei und sonst nur einen wilden, ungezähmten Ausdruck im Gesicht. Die anderen hatten Pullunder über gestreiften Hemden und ordentliche Federmäppchen mit Lineal und Zirkel – das waren die, die sich eher für Grafik und Industriezeichnung interessierten.

Zur Prüfung wurden wir in die Räume gerufen, in denen sonst die Grundlagen gelehrt werden. Zu meiner nicht geringen Überraschung entdeckte ich drei Bänke weiter meinen »Professor« Buff. Bevor ich weiterdenken konnte, erschien Dieter Krämer, um uns zu begrüßen und die erste Aufgabe zu stellen: Wir sollten ein Tuschefass zeichnen. Sofort entschied ich mich, es selbstverständlich in Tusche zu zeichnen. Was ich in meiner völligen Ahnungslosigkeit dabei nicht bedachte, war, dass ein schwarzes Tuschefaß mit seinen differenzierten Lichtreflexen eh schon eine schwierige Aufgabe darstellt und wenn es noch dazu in einem Medium gemalt wird, das weder Korrekturen noch große Nuancierungen zulässt, meine Fähigkeiten gröblichst überfordern würde.

Ich schwitzte und ächzte und versuchte, irgendwie noch die Darstellung zu retten, als ich hinter mir einen hohen Mann bemerkte, der mir über die Schulter sah. Es war Karel Rösel, Student aus der Tschechoslowakei, geflohen im Prager Frühling, der eigentlich schon alles konnte, wozu andere überhaupt auf die Werkschulen wollten. Er trug klitschige Haare lang und quer über den Kopf geklebt und sah irrsinnig geheimnisvoll aus. Scharf guckte er auf mein gequältes Geschmiere, sagte: »Augenblick« und ging gemessen aus der Klasse. Und bevor ich darin einen Sinn erkennen konnte, kehrte er mit dem Klo-Spiegel in der Hand zurück, den er eben mal abmontiert hatte und stellte ihn quer auf mein gemaltes Tuschefass. Sofort sah man, dass hier nichts stimmte, kein Fluchtpunkt, keine Perspektive. Schnell zerknüllte ich meinen mißlungenen Versuch und begann von neuem.

So verging der erste Tag. Am nächsten hieß es, Hände zu zeichnen, und ich zeichnete Hände. Mehr Hände. Und noch mehr Hände. Michelangela wurde in mir wach und hieß mich Hände zu malen, dass es nur so eine Freude war, in allen erdenklichen Positionen, mit Muskeln, die es nicht gibt, mit Adern, die noch kein Mensch gesehen hat, aber Hände, die redeten, Hände, die sprachen.

Am dritten Tag erschien ich begeistert und voller Tatkraft. Aufgabe war, ein Ornament über eine ganze Seite zu entwerfen. Sofort erinnerte mich das an Mathematik, ich würde versagen. Die Rettung war, Blätter, die ich ja bis zur Besinnungslosigkeit auf Friedhöfen gezeichnet hatte, eines in das andere zu flechten, und anschließend farbig anzumalen, bis ich die Hoffnung hatte, der Aufgabe wenigstens halbwegs entronnen zu sein.

Die Katastrophe aber geschah am vierten Tag. Eigentlich war es der, auf den ich mich am meisten gefreut hatte, der, auf den ich setzte, um meine Fähigkeiten besonders eindrucksvoll in Szene zu setzen – es war der Tag des freien Themas. Ich dachte an mein Seestück und den marokkanischen Märchenerzähler und wähnte mich auf der sicheren Seite, doch als Dieter Krämer vor uns hintrat und verkündete, unser freies Thema sei: »Ein Fußballspiel im Müngersdorfer Stadion«, wusste ich, dass ich verloren hatte. Sport in jeder Form war für mich ein Ding aus einer anderen Welt und insbesondere Fußball nichts, was ich im Atelier von Marta Hegemann kennengelernt hatte.

Während meine Konkurrenten sich bemühten, verwischte Beine, kraftvolle Sprünge und die ganze Dynamik des Sports zu Papier zu bringen, verfiel ich in dumpfe Depression. Schließlich begann ich in meiner Ratlosigkeit das Publikum zu aquarellieren. Natürlich wurde es ein sehr seltsames Fußballpublikum. Ich malte keine fröhlichen Fangemeinden, die sich in den Armen liegend einen Erfolg feiern, nein, bei mir musste es eher ein trauriges und schwach besuchtes Spiel gewesen sein, denn mir gelangen nur wenige Personen, und die betrachteten still und schweigend etwas sehr Trauriges, das in undefinierbaren Weiten vor sich zu gehen schien.

Das war's, das Aus! Jetzt hatte ich keine Chance mehr. Ich konnte nur noch hoffen, dass man mein Versagen nicht so ganz hinnehmen mochte und mir vielleicht die Chance zur mündlichen Nachprüfung geben würde. Ich ging also an diesem letzten Tag der Prüfungen wie alle zu dem Ausstellungsraum. Die zweifelhaften Nummern wurden aufgerufen und befragt. Einmal gelang es mir, durch die Tür zu schauen. Da saßen an einem langen Tisch die Professoren der Schule, und an den Wänden bogen sich weitere Tische unter riesigen Mengen von Mappen. Einer nach dem anderen musste hinein, um dort befragt zu werden über seine Lebensträume, seine Kunstansichten oder ähnliches. Zwar konnte es schon mal passieren, dass ein Professor bei einem besonders hübschen Mädchen spontan rief: »Die ist begabt, das sehe ich, die nehm' ich!«, aber meistens nahmen die Befragungen einen anderen Verlauf. Ein Mädchen schwärmte, als es über seine Favoriten befragt wurde, von Beuys und seiner Ablehnung des akademischen Lehrbetriebes – durchgefallen! Ein Kandidat wurde gefragt, was er denn täte, wenn er hier nicht angenommen werden würde, und er erwähnte die Firma seines Vaters – durchgefallen!

So ging es Schlag auf Schlag, und immer mehr wurden abgelehnt. Doch das bereitete mir noch keine Sorgen, viel schlimmer war, dass ich überhaupt nicht aufgerufen wurde! Hilflos hockte ich in der Ecke und wusste keinen Ausweg mehr. Schließlich ging auch dieser Tag zu Ende, und man hatte mich, wie es mir vorkam, als einzige nicht aufgerufen.

Nach einer schlaflosen Nacht traf ich mich mit allen anderen Prüflingen vor dem Sekretariat zur Bekanntgabe der Ergebnisse. Manch einer wusste es schon, doch die meisten harrten gespannt wie ich vor der Tür. Das Procedere war immer dasselbe: Von drinnen wurde eine Nummer gerufen, derjenige ging hinein, eine ausdruckslose Stimme sagte: »Nicht bestanden!«, und eine vollkommen enttäuschte Person kam wieder heraus. Ich hatte die Nummer Hundertfünfundzwanzig, und lange schon, bevor es auch nur in die Nähe davon kam, hatte sich um mich eine alles verschlingende Stimmung von Depression und Selbstmord verbreitet. Eintönig ging so weiter.

»Nicht bestanden!«

»Nicht bestanden!«

»Nicht bestanden!«

Endlich wurde ich aufgerufen, endlich durfte ich in den Raum. Vorsichtig drückte ich die Tür ins Schloß und drehte mich angsterfüllt um, bereit mein Todesurteil in Empfang zu nehmen. Die Sekretärin blickte mich freundlich an und sagte: »Bestanden!«

Was war das? Ich hatte wohl nicht richtig gehört? »Wie bitte?«

»Bestanden!«

Ich konnte es immer noch nicht glauben. »Wie bitte?!«

»Bestanden. Mit Auszeichnung.«

»Wie bitte?!«

»Raus!!«

Wie im Traum verließ ich das Sekreteriat. Ich taumelte auf den Ubierring und schob den letzten verbliebenen Marsriegel in meinen Mund. Ich hatte es geschafft. Tatsächlich geschafft. Ich war eine Werkschülerin.

11

In meinem Farbkittel gibt es keine schwarzen Löcher, keine Unentschlossenheit. Im Bild ist alles anders, ich verstehe die Gefühle der Menschen, wenn ich sie male, singe ihre Lieder, spüre ihre Angst, empfinde ihre Neugier, schmecke Tränen und Lust. Ich ermutige sie zum Aufbruch. Denn hier kann ich sie vorbehaltlos annehmen und beschenken, denn meine Farben hören ihre Stimmen, übersetzen ihre Sprache. Vielleicht hat meine Welt sich schon in der Vorschulzeit abgespalten, um ein eigenes Umgehen miteinander zu planen. Oder später in den Leiden einer jungen Liebenden, oder erst, als ich aktiv begonnen habe, mich gegen Tierleid zu wenden?

Seit der Zeit mit meinen Radierungen und Kupferstichen weiß ich, Erfolg und Zufriedenheit mit dem Werk gehen selten miteinander. Oftmals trennen sich ihre Wege, und dann leidet die Qualität. Menschen lieben die Kopie des Schlechten eher als das Original des Guten, denn dieses wäre ihnen allzu fern. Wie schwer sind all die Gedanken im Atelier, die Aussage, das Ringen um die richtige Komposition, der Tanz mit dem Licht, der Liebesakt mit der Farbe – und am Ende wird das Bild gekauft, weil es genau zur Tapete überm Sofa passt.

Menschen – meine Augen schweifen über die untere Bildhälfte, berühren die schwindenden Farbwesen fast zärtlich. Sie dürfen bleiben, um Zeugnis abzulegen. Lebendige Menschen machen mir dagegen Angst. Ich fürchte ihre Arroganz, Gleichgültigkeit, Brutalität, ihr Wegsehen. Ich versuche das stets zu verbergen, oft vergeblich.

Außerhalb meiner Leinwand rauben die Menschen aus der Wirklichkeit vor allen Dingen meine Malzeit. Einladungen zum Kaffee mit Damen, lustige Abende, Feiern, geführte Wanderungen oder all die Abendessen mit Verführungsanspruch, wie viel wichtige Bilder haben sie mich gekostet! Im Bild hingegen nahm ich sie auf, diese Menschen, nahm sie wahr und ernst und sorgte für sie.

Ganz anders war es bei der Landschaftsmalerei. Ihr gehört meine Liebe im Dokumentieren ihrer Verletzungen oder Ausbeutungen. Ihre Seele im Licht ihrer schmerzenden Wunden und das Keimen in würdevoller Schönheit, wie nah ist mir das! Der Unterschied zwischen meiner Liebe zu Mensch und Landschaft war seit den ersten Blättern, die ich auf dem Kölner Nordfriedhof malte, gewaltig. Das sollte sich auch nie ändern.

Tiere, wiederum, Krafttiere voller Stolz, Würde, Eigensinn, nicht klein gemacht oder von gierigen Menschen gefressen, sind Dolmetscher zu den Zwischenwelten, denen man nicht zuhört. Ihre Stimme wäre die meine.

Aus Tausenden von Bildern bin ich gemacht, tanze leidenschaftlich mitten durch sie hindurch und küsse die komponierten Akteure zum Sein im Schein der flachen Ware. Ich weiß, wer ich bin. Vielleicht interessiert es einfach niemanden sonst?

Während ich mir die himmlische Reproduktion des Abendlichts heruntermale, grinsen meine Palettenaugen zwinkernd auf: Selber schuld, bleib dir treu!! Ganz weich, zärtlich und kaum berührt, entsteht die neue Weite hinter den Felsen im Schattenwerk. Ich verleihe ihr ein zartes Profil, einen Hauch Licht auf die Risse ihrer Brüche. Da hinein lege ich ein Wickelkind, zum Beispiel zu einer Wölfin, einem Bär im Schlaf und einen Tränenschleier für die versiegende Quelle, Höhlenmalerei mit Schussverletzung. Freiheiten über Freiheiten nehme ich mir heraus und meißle sie in Steine einer Höhle, inmitten eines Riffs, im Meer, im See, im Kaufhaus aus Geschichten dieser Zeit. Ich liefere Albträume dazu, wie Trost oder auch Lachen. Hinsehen müssen andere, ich schenke meine Welt und schenke sie täglich.

Irgendwann gab es Twitter im Netz, und der Gedanke, dass hier die Ungehörten sprechen konnten, die Ohnmächtigen sich äußern, hat mich gemahnt, dass auch Kunst gehört, gesehen, entnommen werden will. Und so habe ich damals begonnen, ein Bild zu posten. Täglich natürlich. »Ein Gemälde am Tag hält den Doktor fern«, habe ich damals behauptet. Es war mir neu und fremd da draußen in der erfundenen virtuellen Scheinwelt, deren Lügen und alternative Wahrheiten schon damals begannen, sich vor die Wirklichkeit zu schieben.

Es entstand Korrespondenz zwischen Kollegen, pfiffige Geister antworteten, während ich mir Freiheiten herausnahm. Eine Wohltat war das, nicht gefällig zu sein, keinen Trend zu bedienen und nicht dem waidwunden Blick eines Galeristen ausgesetzt zu sein, wenn die Kundschaft nicht zufrieden war, das blieb mir erspart. Eine Wonne, Beifall statt stirnrunzelndem Schweigen zu empfangen. Und ich malte von allem: von Hausarbeit, fliegenden Schnecken, Atomkraftwerken, betrunkenen Reiterinnen und der Liebe, Monat für Monat, Jahr für Jahr. Das Echo wurde größer, die Antworten spannender, kein Bild, dass niemand sah, umso bitterer, wenn es ungeliebt blieb.

Dann gibt es wieder Kommentare zu meinen Arbeiten, die sind so dumm, dass ich mich krümme unter der Wucht von Einfalt und Blindheit, aber ich erhalte Antwort, was mir die Zwiesprache besetzt. Gerade die gemeinen oder bösartigen Äußerungen fordern mich heraus. Natürlich gewinne ich diese Duelle nach außen sichtbar, aber auch in mir müssen Argumente brennen und Flammen setzen, was schon schwieriger inmitten des Liebesspiels werden kann. Also mache ich mir die Mühe allabendlich in die Debatten zu kriechen und sie, wie eine Made das Aas, zu durchwühlen nach morschem Saft, Eier abzulegen, nach Widerstand beißend. Durch die Dunkelheit menschlicher Abgründe zu kriechen, um weit oben an deren Hoffnungen Bilder zu fangen. Ich fühle mich widerlich erwidert, und gleichzeitig gehört die Eitelkeit als Flügel an des Tageslichts Plackerei und heilt Blessuren.

So setzte ich tagsüber um, wovon nachts geklagt wurde, zu den Bildern aus den Nachrichten, während sich, völlig unaufgeregt, die freundlichen Kommentare mehren. Sie nehmen die Farbsuppen an, die ich als Nahrung gegen Angst koche. Manchmal verkaufe ich etwas, manchmal guckt keiner. Dennoch habe ich mich mit meiner altmodischen Art ins Netz gemalt und etwas ausgesagt, daher folgen mir die Guten. Die anderen rufen mich »Gutmensch«, als sei das eine Beschimpfung, und ich frage mich, was sind sie? Schlechtmenschen und stolz darauf?

Das Netz ist kein Medium für zeitgenössische Kunst, wird mir oft gesagt, daher muss ich es trotzig angehen. Wenn ich nun male, sind nicht nur die Geister der Kunstgeschichte und die Gespenster meiner Familie da, sondern inzwischen lungern auch meine Folger um mich herum und suchen nach Erklärungen.

Und nichts, das unkommentiert und unvermalt meinen Mut erregte. Die Nachrichten hielten mich von Routine fern, die Wirklichkeit machte mich widerborstig, Beleidigungen meines Wohlwollens kamen in eigener Übersetzung als »Daily Painting« zum Vorschein. Diese täglichen Bilder, am Ende sollten es mehr als drei Jahre gewesen sein, waren zu Beginn klein und humorvoll, bevor sie zu zu großen Aquarellen und Zeichnungen mutierten, die mich das soweit denkbare Weltgeschehen verarbeiten ließen und anderen dabei halfen, sich zu äußern. Mich hat es bis zum heutigen Tag bestärkt, dass die Wahrheit zumutbar und es wichtig ist, sie sichtbar und greifbar zu machen, auf dass die Menschen sie ertragen und verwandeln. Immer noch schicke ich täglich ein Bild auf die Reise um die Welt, um mit meinen Bildern zu sagen, was ich zu sagen habe.

Die Arbeit als Bloggerin in der Nacht, wenn die Malerei schläft, erweitert meine Sicht auf die Dinge, die mir bis dahin erspart geblieben war. Während meine Daily Paintings in Netzgeschwindigkeit durch die Welt ziehen, bringen sie mir die ungefilterte Grausamkeit dieser Zeit zurück.

Wo selbst die Presse sich pietätvoll abwendet, brennt sich das Weltgeschehen grauenvoll in meine Wahrnehmung. Die Authentizität des Schocks sucht selbst in meinen Träumen nach Bildern im Erwachen eines Gleichnisses. Hinsehen, denken, weinen, lachen, schmunzeln, trauern wäre bequem, wenn ich es nicht neu zu schaffen hätte. Ich muss es malen, zeichnen, in Holz schneiden, in Kupfer stechen. Das Unvermögen des Liebens ausdrücken, irgendwo her muss der Mut kommen, nicht nur abzubilden, sondern etwas auszusagen, das dem Auge Hilfe bringt, Zeichen, Metaphern, nicht zu zahm und auch nicht unterhaltsam. So lautete die Botschaft, die meine Daily Paintings wieder mit nach Hause bringen. Von Künstlern in Arrest, in Armut, von Todkranken. Von gesteinigten Frauen, Gefolterten, von geschändeter Umwelt und missbrauchter Natur.

Es lastet schwer auf meiner Seele, nette Bilderware darf nur das Lockmittel, der Duftstoff zum Einstieg in die Wahrnehmungswelt sein. Dabei ist die Kunst doch die Botschafterin der Liebe. Ein Pinsel, so zärtlich, und die Farben leuchten weich und voll Verlangen nach Augenberührung. Oh, wie es passt, das Lieben, und wie unangebracht zugleich sein Begehren. Deshalb ist es hart und schwer, mich zu häuten, und es kostet mich alles, was ich nicht habe: Distanz.

Wie ein naives Kind will ich die Leinwand umtanzen, dabei die Form erwirken, aus einer Tiefe jenseits von Bildung und Schulung jeder Art, um tief zu schöpfen in meinen inneren Räumen. Und dann nahe kommen, sehr nah, denn Haut ist wie Leinwand gespannt und bebt bei Berührung. Der Mittelpunkt meiner Aussage beginnt wie unter Hypnose vom Kopf ins Bild zu dringen. Ähnlich einem Kuss darf die Annäherung nicht zu leidenschaftlich sein, als verbeiße man sich ineinander. Zunächst berührt sich der Atem, dann scheint er angehalten, bevor die eigentliche Berührung alles ausblendet, was mich umgibt. Alles reißt auf, was in mir verborgen war. Jetzt fließt es im Duktus meines Wollens ineinander. Seele, Materie, Wissen, Routine, Handwerk, Erfahrung, Spaß und Leidenschaft, um damit ernst zu machen. Kunst und Küsse haben viel gemein.

So tief in meinem Bild wie jetzt löst sich mein Körper zur Pinselhalterin. Es malt sich über mich hinweg, durch mich hindurch und macht meine eigene Seele transparent, schutzlos und frei. Kein Hunger, kein Durst, keine Müdigkeit. Ein Ziegenböckchen in einer Flaschenpost voll guter Taten umtänzelt eine Ölbohrinsel voller Galgenstricke. Es regnet Leute, und die Vögel fliegen zur Feier des Tages alle auf dem Rücken, denn die Welt ist verkehrt, obwohl sie um ihre Gesetzmäßigkeiten sehr wohl wissen.

Die Szenerie ist wie mit einer Nabelschnur mit mir verbunden. Orgiastisch beidhändig, mit fast geschlossenen Augen, hingebungsvoll dicht an dicht, bis die feinen Pinselhaare erigieren und fließen lassen, was fruchtbar sichtreif wird. Die Intensität des Augenblicks ist fast unerträglich.

Später lässt es sich da hineinspazieren, es lässt sich vieles herrichten und aufbauen. Die ganze Komposition wird jetzt zum Garten, ich säe aus, ich baue an, ich beschneide, zupfe aus und binde beiseite, was an farbigen Ranken zu wuchern beginnt. Ich laufe mit Augen und fliege mit meinen Händen als Greifvogel über diese Weltgärten, jage mir nach, überhole mich, überführe meine Lügen, hacke in meine Schwächen und stoße herab in alle meine Fehler. Nichts ist schöner und es kostet soviel Kraft.

Zeit zur Pause.

Unterbrechungen gehören nicht in den Malfluss, aber die Notwendigkeiten müssen abgehandelt werden. Ein paar Spaghetti, schnell zubereitet, werden ausreichen. Die Vergangenheit in Italien hat mich gelehrt, wie unkompliziert etwas Schönes sein kann.

Mit dem Geschmack des gekochten Hartweizens und der Tomatensauce kommen die Bilder. Alte Bilder aus meinem eigenen Leben: ich bin 20 Jahre alt, schwarz und schlecht gekleidet, vor allem endlos langes schwarzes Haar. Darunter verbirgt sich der aufmüpfige Charakter, die noch nicht gebändigte Unerfahrenheit. Ich staune und lebe in der Via Fiori Oscuri, der Straße der dunklen Blumen, nicht weit von der Scala, dem Dom und Via Monte Napoleone, wo die Tempel der Gewissenlosen hell durch den Smog leuchten. Die Autos verschwinden in Hauseingängen, wo Aufzüge sie irgendwohin fahren, die Frauen sind immer geschminkt und verwöhnt, und vor der Stadt am Lagerfeuer stehen Huren im flackernden roten Licht. Das ist Mailand, ein Moloch aus arm und reich.

Er spendet mir reichhaltige Bilder irgendwo zwischen Expressionismus und George Grosz, so surreal und unwirklich. Ja, ich versuche, Bilder zu fressen, sie in mich aufzunehmen und bemerke es noch gar nicht zwischen Stein und Gestank, denn ich passe überhaupt nicht hierher.

Aber die Kunstakademie riecht so akademisch, nach Kunstgeschichte und Aufruhr. Studenten debattieren lautstark in den Bars nebenan und gegenüber, so wie es in Köln, wie meine Großeltern erzählten, vor 100 Jahren nicht anders war. Einer bläst auf dem Kamm Revolutionslieder, andere streiten sich über ihre Arbeiten. Alle möchten die Welt verändern, sich selbst auf gar keinen Fall.

Ich bleibe draußen, traue mich nicht hinein, mein Italienisch ist noch viel zu schlecht, und vielleicht ja meine Kunst auch? Ich fürchte, nichts erwidern zu können, das macht mich schwach, aber umso größer ist meine Faszination. Ich stehe immer draußen, als müsste das so sein, ein Lebensskript, das bestimmt. Die Wohnung, in der ich schlafe, ist hinter den Fensterläden immer laut und drinnen völlig kahl und düster. Marmor, der zu frösteln scheint; aber ich lerne auf zwei kleinen Gasbrennern, dass Kochen und Malerei einander verwandt sind. Ich lerne richtig kochen und richtig zeichnen. Nicht aber die Liebe. Nicht Freundschaft.

Ich reibe noch etwas frischen Parmesan über den Teller. Dort übte ich in der Menge unsichtbar zu werden, in Italien kein Problem. Mein Temperament störte nicht, ging sogar als unauffällig durch. Und während ich jetzt die Sauce mit einem Stück Brot auftupfe, verabschiede ich mich von der Erinnerung an diese Zeit in Mailand, wo auf dem riesigen Dachboden ein Käfig stand mit einem kleinen Vogelskelett, weiß vor all der Dunkelheit. Wo unten in der Musikschule unsichtbare Menschen Arien sangen und aus den Bars wolkenweise Zigarettenqualm drang. Vorbeieilende überall, niemals war es ruhig.

Heute sind die Spaghetti nicht so gut, der Wein fad nach der Erinnerung, mein Kaffee bitter. Italien war mir wichtig. Es hat mich geprägt, mich die Farben der poetischen Details der harten Realität in der Grundierung meines Lebens gelehrt. Die Zeit in Vinci, das Licht der Toskana, dichte venezianische Nebel vor theatralischen Kulissen. All das hat den Bilderschatz meines Kopfes bereichert. Ein gewaltiges Reservoir, von neonschrill gebrezelten Mailänder Nutten, an den Ausfallstraßen wie die Laternen die Nacht erhellend, bis dunstgrüngrauem Trübsal am lichtgelben Rand neugierig nickender Gondelhälse an der Lagune. Das ist mein Vokabular geworden, der Schatz, aus dem ich mich bediene, in den ich blicke, und der Löwe von San Marco taucht im

Stundentakt in Blau und Gold durch alte Tränen und macht mich streitbar.

Dankbarkeit in den Augen macht die Seele demütig, wenn die Arbeit ruft, denn all das will transportiert, will übersetzt sein. Wie Angelika Kauffmann, Goethe, Dürer und die andern Reisenden, jetzt fordern sie mich auf, mein Versprechen, einem Gelübde ähnlich, einzuhalten. Ich verspreche mir, das Versprechen einzulösen.

Wenn mir jetzt ein Flugzeugflügel auf den Kopf fiele und mich spaltete, kämen aus mir so viele Bilder geflattert, wie ich der Welt Schmetterlinge wünsche. Doch bevor ich ein paar davon zu fangen versuche, räume ich mich zuerst ein wenig auf. Besser: Ich muss mich dringend sortieren, muss aufräumen in dem Bilderlager meines Herzens. Denn es ist möglich, zu malen und zu zeichnen, zu radieren und zu schreiben, denken und gestalten, aber es ist unmöglich, diese Leidenschaften mit Besuchen, Terminen oder Zerstreuungen zu kombinieren.

Völlige Hingabe und grenzenlose Offenheit ermöglicht mir den Zugang zu inneren Räumen. Nur in diesen Kammern der Ausschließlichkeit vermag ich zu schaffen. Werde ich unterbrochen, schließt sich die Tür. Alles Tun bleibt dann Hand- und Stückwerk, selbstgefällige Routine. Deshalb suche ich Einsamkeit wie eine Trauernde das Glück, ich krieche in Träume, Höhlen und Verließe, wohne auf Bäumen und tauche in die Freiheit von Nebelwolken.

Mir scheint, die anderen spüren mein Fremdsein unter ihnen. Es ist die Sartre'sche Hölle der anderen, die mich früher oder später zu strafen beginnt.

Ich trete aus dem dickwandigen, alten Haus voller Geschichten ins wetterkühle Eifelnass. Die Hunde, mit hängenden Köpfen, fürchten den Regen im Ohr. Ich trinke ihn zum Digestif. Erfrische mich kosmisch und kosmetisch in einer

Viertelstunde Leere, die so erfüllt ist, dass ich sie ausatmen muss. Es lässt mich nicht los, nie mehr entlässt es mich. Gott bewahre mich vor Ruhe vom Geist.

Wir frösteln alle, die Hunde, die Katze, mir aber fröstelt vor Spannung: was werde ich gleich vor der Draußen-Welt im Drinnen-Bild verstecken? Lebenslösungen, philosophische Zitate oder einen onanierenden Mönch, gehässige Heuschrecken oder Diktatoren im Schlammloch, bei den Kaninchen mit den großen Menschen-Füßen. Die plumpen Militärpanzer, werde ich sie übermalen oder ein Ehepaar mit Kissen unter den Ellbogen darauf legen, die Ketten ein Halsband werden lassen?

Mit ausgebreiteten Armen drehe ich mich, verschrecke vorbeieilende Pilger und die Klosterschwestern auf dem Weg zur Andacht. Die Hunde singen mit den Kirchenglocken, die Dohlen zanken zum Schulklingeln miteinander, das aus dem Gymnasium unten in der Stadt heraufschallt. Diese Lieder klingen nicht zufällig vorbei. Sie alle sind aus der Tiefe von Schaudern und Schmerzen geboren und gewachsen. Mein Freiheitslied.

Die berühmten Glasfenster der Schlosskirche lassen mich an Fritz Hans Lauten denken. Er war einer von denen, die mich als junges Mädchen aus der Trübnis der neonerleuchteten Buchhandelswelt in die Freiheit der Kunst führten. Auf dem Gelände des seines Ateliers im Bergischen Land fand das »Kürten Fästiwäl« stattfand, das trotz des eher piefigen Namens doch extrem avantgardistisch war. Der holprige enge Weg ohne Ausschilderung schien ins Nichts zu führen, und wenn man endlich dort angekommen war, endete er völlig. Hier ließ man das Auto stehen und ging über einen Waldweg weiter. Zwischen den Stämmen hingen Fahnen, Trauerflore, Bänder, die jeden Baum in ein Monument gegen die Spießigkeit verwandelten. Und dann öffnete sich der Wald, und auf der Lichtung lag vor mir das ungewöhnlichste Anwesen, das ich bis dahin gesehen hatte. Als erstes stand man vor einem ein Haus ganz aus farbigem Glas, wunderschön, in das man auch gehen und das durch die Kunst fallende Licht auf sich wirken lassen konnte. Geheimnisvolle Dinge hingen an den Wänden, jedes für sich einen Traum wert. Dann fanden sich auf dem Gelände noch ein Wohnhaus und das Atelier, in dem Fritz seine Glasbilder schuf. Alles war ein bißchen verkommen und ungepflegt, vor allem aber keineswegs kleinbürgerlich, sondern ungewöhnlich und hochpolitisch. Fritz selber war ein herzensguter Mensch, voll mit Gedanken und Visionen, der zum Entsetzen seiner Frau gastfrei jeden zum Essen und Bleiben einlud. In seinem Kreis fanden sich Künstler wie Will Thonett, der Bildhauer, und Inge Prokot, die den ganzen Wald mittels riesiger Holzstelen in eine Großinstallation verwandelt hätte, wenn man es damals schon so genannt hätte.

Zu den Festivals selber kamen Künstler aus ganz Köln und Umgebung und überhaupt jeder, der etwas beizutragen gedachte. Man trank, tanzte absurde Tänze, improvisierte Aktionen und Happenings, die stets gesellschaftlich relevant zu sein hatten, damit man hinterher wieder erregt darüber diskutieren konnte, und ich stand daneben und staunte mit riesigen Augen.

Arnold Daidalos Wande habe ich auch hier kennengelernt. Er sah aus wie ein »wirklicher Künstler«, eine Erscheinung wie aus einer illustrierten Kunstgeschichte der Hippieära: das Gesicht wie eine Kohlezeichnung, hager, dürr, und viel älter aussehend als er wirklich war, lange, graue Haare, wehende Gewänder über schwarzen Gummistiefeln und den Kopf voller absonderlicher Gedanken. Er hatte in Volkhoven soeben die sogenannte Polymorphe Akademie gegründet, und zwar in den Räumen der kleinen Dorfschule, in denen wenige Jahre vorher ein Amokläufer 13 Kinder und ihre Lehrerin mit einem selbstgebastelten Flammenwerfer getötet hatte. An diesem Ort, an dem das Böse derart manifest geworden war, sollte die Kunst neue Werte schaffen und dadurch der ganze Platz neu beseelt und gereinigt werden. Nüchtern betrachtet war die Polymorphe Akademie ein Ort, an dem seltsame Menschen seltsame Dinge taten. Ich war ungeheuer beeindruckt von Wande und der Vielfalt seines Geistes, der Freiheit seiner Gedanken, der Unerbittlichkeit seines Weges. Er lehrte mich, ohne dass er mich überhaupt wahrnahm, was in der Kunst möglich ist, nämlich alles. Leider hörte auch seine Geschichte auf, bevor sie richtig begonnen hatte.

Man vergißt zu leicht, wie konfliktbeladen diese Zeit immer noch war. Die 68iger Studentenunruhen hatten die sich in ihrem eigenen Mief satt und zufrieden wähnende Bürgerschaft aufgeschreckt und mit einem krankhaften Haß gegen alles zurückschlagen lassen, was bunt und ungewöhnlich daherkam. Dagegen stand ein neuer Geist, der gerade in Köln dabei war, die Freiheit der Kunst hochzuschätzen. Der Kunstdezernent Hackenberg hatte immer ein Ohr für die Künstler, bemühte sich, eine lebendige Szene zu schaffen, die dem Kunsthandel, dessen Entwicklung stark gefördert wurde, ein entsprechendes Umfeld bieten sollte. Der unterwürfig obrigkeitshörige Geist der Fünfziger und Sechziger Jahre wurde verjagt, endlich die Fragen gestellt, die man nie hatte fragen dürfen, Dinge gedacht, die nie erlaubt gewesen waren, Themen erörtert, über die man nicht hatte reden dürfen. Zu leben wurde zum Gesamtkunstwerk, eine einzige Revolte gegen das spießige Bürgertum, das sich auch artig aufregte, wenn man Sachen anzog, die nicht seinem Geschmack entsprachen, und alles das tat, was in dem sozialen Wohnungsbau seiner Gedankenwelt nicht erlaubt war.

Wie schrieen die Schlagzeilen von den Boulevardblättern, wie schäumten die Kommentatoren, wenn die bunt gekleideten »Gammler« durch die Städte zogen. Wie ereiferten sich die Stammtische, wenn in der Kunst Wege beschritten wurden, die man nicht einmal zu denken bereit gewesen war, wie beschimpften sie uns, wenn sie uns habhaft werden konnten. Ihr Lieblingsfeind war Joseph Beuys, ihr Schlachtruf »meine Tochter kann das auch, und die ist drei!«, und sie begriffen nicht, dass es genau darum ging, und dass sie es nur zu tun brauchten, um es zu verstehen, aber dazu waren sie zu feige.

In der Kunstszene hatte die Sucht nach Prominenz und Medienakzeptanz den Künstlern und Sammlern noch nicht die Hirne verkleistert, alles war möglich, und es wurde auch getan. Ein Kunstfestival benötigte keine Vorjury, nie hätten Hausfrauen oder zweitklassige Hobbykünstler es gewagt, sich mit ihren zur Freizeitgestaltung gestümperten Bildchen als Künstler in der Öffentlichkeit zu präsentieren. Denn die echten Künstler waren Bürgerschrecks, sie waren ungezähmt und eigenwillig, sie benahmen sich so schlecht, wie sie nur konnten, weil sie schockieren und unangepasst sein wollten, neue Wege beschreiten und sich von den alten Regeln nicht die Freiheit des Geistes beschneiden lassen – und sie gaben alles für die Kunst, oft genug auch ihr Leben.

Da wollte ich dazugehören, sie waren für mich in ihrer Kompromißlosigkeit die natürlichen Kollegen und Vorbilder. Sie beeindruckten mich, sie wiesen mir den Weg. Auch wenn ich mich sehr vor ihrer lauten und unberechenbaren Art fürchtete, waren sie mir doch die moderne Ausgabe meiner Großeltern. Und doch fühlte ich mich eher geborgen und sicher, wenn ich ungestört in meinen Farben schwelgen konnte.

Ein Glockenschlag ruft mich wieder in die Gegenwart zurück. Der Berg drückt mir beim Klettern die Brust, nicht so schwer wie die verblassenden alten Bilder der Großstadt. Wer wäre ich, wenn mir nicht Stolz und Freude die Hand führten, Zärtlichkeit und Mitgefühl die Farben zerrieben? Vielleicht ist der Blick zurück deshalb so wichtig, damit ich nicht vergesse, wie reich ich trotz aller Geldsorgen bin in all den Armenängsten meiner Zeit.

Ähnlich des Küssens verleiht sich Malerei den Atem poetischer Übersetzung. Dabei stört alles andere. Beim Kuss ist die Ausschließlichkeit des Augenblicks sinnerweckend. Dabei ein Nachbarschaftstratsch oder Rasenmähen wäre banalisierend. Es geht ums Ganze, ein Zurückwerfen in die Leinwandabgründe – kein Verlust, sondern Lohn der Erfahrung. Das wilde Haar schlug durch alle Farben hohe Wellen, die mich schwimmen lehrten und meinen Werken den abstrakten Schwung verliehen. Sich bloß nicht ernst nehmen, sich nicht wichtig nehmen. Nichts, als die Malerei!

Die Eleganz der Freiheit nährt sich aus dem weiten Himmel über mir und will jetzt und hier mit der Wirklichkeit verbunden sein. Der Umweg lenkt mich schnell heim, mit flatternden Schals und in Hundebegleitung. Ein Schatten von links, es war nur ein Wolkenschatten, doch es war, als sähe ich die schwarze Schäferhündin Nicky, mit der ich im Stollwerck bei dem Punk-Festival »Fuckoff« die Bühne und das Mikrofon eroberte, eine schwarzgekleidete wütende Menge auf mich zudrängend. Ich blinzle in die Scheinwerfer, nein, jetzt ist es die Sonne, die hinter dem Schloss zu mir herlächelt, das Herzklopfen kommt nur vom Aufstieg, die Erinnerung an die Szene in der alten Schokoladenfabrik wird blass. Es ist Vergangenheit, tot und vergessen, wenn nicht die Geister sie wieder ans Licht holen.

Die Eifel strahlt mich an, und ich erreiche meine alte, schwere Eichentür. Einen Augenblick nur lehnt es sich so gut an dem Holz, das ältere, viel grausamere Geschichte kennt und dennoch bereit steht, Winde, Regen und Eindringlinge von mir fernzuhalten. Schon beim Hineinschlüpfen rieche ich Malmittel, Terpentin und Firnis. Während die Hunde noch auf den Steinböden Schlamm und Erdhaufen verteilen, lasse ich mich zurück in meine Arbeit fallen. Völlig frisch und neu an Haut und Herz. Mit Abstand sehe ich die Tische vor mir als ein Chaos von Klecksen, Farbschalen, Flaschen, Schwachstellen, Lappen, Kohlestücken, Pinseln, Keilhölzchen, Zetteln und Zeug. Heute Morgen war all das nicht so, es begann wie im Labor und nun, auf dem Höhepunkt, ist es das Klischee eines Ateliers. Alles überwuchernd, alles unter sich begrabend, wie die gewaltige Matten alles erstickenden Efeus, das vor meinem Atelierfenster über die Mauern steigt und den kleinen Poetengarten zu ersticken sucht.

2

Jetzt ist keine Zeit für ordnende Hände oder Hauswirtschaft. Keine Ablenkung! Jetzt ist Zeit, ganz genau hinzugucken. Ich sehe jetzt mit klarem Blick die Sphingen zur Linken wie Fremdkörper klotzen und weiß, es ist Zeit für Licht. Lichter zu setzen ist der Akzent meiner Bilder, entscheidet über Szene und Hoffnung, Wetter oder Tageszeit und kann bei der Ölmalerei hemmungslos ausgeschlachtet werden – auch wenn mir diese Metapher eigentlich in ihrer Metzgerhaftigkeit Übelkeit bereitet.

Licht beeinflusst Ausdruck, Spannung oder Launen, für mich die reine Leidenschaft in der Auseinandersetzung mit der Idee, dem fertigen Projekt meiner Gedanken. Im Garten da draußen reitet ein Sonnenstrahl auf einem Insektenflügel vorbei, das Tier bleibt jedoch unsichtbar. Die zerborstene Kante eines alten Gartenstuhls wirkt begrenzt von den Lichtstrahlen wie ein konstruktivistischer Antiheld vor den fein verästelten Hecken, deren Zweiglein und Auswüchse strahlen, während die Stämme selbst vor dem Gartenhaus im Dunkeln schwinden.

»Man hat mir die Realität stets als Knüppel zwischen die Beine geworfen, es gibt sie aber gar nicht!« Hinter mir, auf dem Grafikschrank sitzt wieder Marta, meine Großmutter, die nahtbestrumpften Beine übereinander geschlagen, den großen Hut schräg über dem Auge, dessen helles Bernsteinleuchten mich herausfordernd anblitzt. Marta fordert mich seit ihrem Tod bei großen Bildern immer wieder gerne heraus. Sie liebt den Diskurs. Und warum sollen Tote keine Hobbys haben? Marta begeisterte der Bilderstreit, korrespondierte mit Philosophen. Auch mit Anton kultivierte sie das. Obwohl er sie verlassen hatte, schickte er ihr Fotos seiner Bilder, um über deren Weiterentwicklung zu diskutieren.

Wie könnte ich mich beklagen über Geister, die ich selbst hereingebeten habe? Reisen durch Kulturen alter Kunstgeschichte, Biographien geschätzter Malerinnen sind das Huckepackgepäck meiner Selbstbetrachtung. Und dann Anton und Marta, die ich wie klebrigen Schnee an der Ateliertür fortgeschüttelt zu haben glaubte, und die ich dann selbst in der Eifel wieder aufsammelte.

Es war in Simonskall, wo einst die Hölle der Ardennenschlacht das enge Tal in ein Schlachthaus verwandelt hatte. Noch war die Region nicht mein Lebensmittelpunkt. Fasziniert stand ich vor dem großen, alten Junckerhaus, vor bald hundert Jahren das Feriendomizil des Philosophenpaares Käthe und Oskar Jatho, von dem mir mein Vater schon erzählt hatte. Hierher hatten sich die Kölner Progressiven in den frühen Zwanziger Jahren vor dem Hunger in ihrer Heimatstadt in die Eifel geflüchtet. Hier hatte der Journalist Ret Marut, in München zum Tode verurteilt, mit Franz Seiwert die »Kalltallpresse« ins Leben gerufen, bevor er mit Antons Führerschein das Land verließ, um in Mexiko als B. Traven ein neues Leben zu beginnen. Angelika und Heinrich Hoerle, all die Figuren aus meiner Familienkunstgeschichte, hier hatten sie getagt, gesoffen, geraucht, und was die progressive Künstlerschaft sonst noch zu treiben pflegte.

Jetzt aber stand ich inmitten von unverfälschter Luft vor einer schweren Holztür und berührte die Zargen. Es fiel mir schwer, sich vorzustellen, wie Marta und Anton vom Bahnhof in Zerkall aus auf Eselskarren und zu Fuß, fernab von Schnapsboutiquen und Zigarettenläden, sie mit Hut und Spangenschuh, er mit steifer Melone und gelben Ziegenlederhandschuhen, in dem engen Tal hätten Stellung beziehen sollen.

Doch plötzlich waren sie da, nicht als Großeltern, sondern als Mitstreiter und Kollegen, bereit, mich als Zeitschlucht am Nachmittag in eine andere Wirklichkeit zu stürzen. So nah war ihre Nähe, so frech ihr Auftritt. Marta sprach von Hunger, von Angelika Hoerle, davon, in Worten ein Zuhause zu finden. Anton verfluchte die Winter.

»Hier in der Eifel, in Elsenborn, haben die Toten meine Seele gefressen«, raunzte er. Als Maler mit Auszeichnung der Akademie wurde er als Scharfschütze zum Killer ausgebildet. Eine Brille blitzte auf, ein leichtes Ziel für ein scharfes Auge und ein sicherer Treffer, »wenn Du verstehst.«

Erschreckt sah ich mich um, doch da war nur der Leiter des inzwischen zum Museum gewordenen Hauses, draußen begann es zu regnen. Kein seelen- und herzloser Geist war zu sehen, denn die beiden hatten mich schon fest in ihr Malmittel der Unendlichkeit verquirlt. Ich begann, ein Haus in der Eifel zu suchen.

Seither begleiten sie mich, mit all ihren Malern und Philosophen, ihrem Zank und ihrem Wissen. Marta findet meine Werke manieriert, zu wenig streng in der Aussage. Ihre Zigarettenspitze fährt mir ins frische Bild und hinterlässt einen Schwarm Tauben wie Tiefflieger, Kampfjets übers Feld. Ich lasse es geschehen und will mich jetzt endlich meinem Licht widmen.

Gewohnt, mit allem umzugehen, wundert mich nicht, dass Anton wieder vorbeischlendert. Die Mundwinkel leicht spöttisch herabgezogen, beachtet er mein Gemälde nicht weiter, nachdem er es mit einer abfälligen Handbewegung versucht hat, wegzuwischen. Breitarmig vor der Arbeit selbst, die mich immerhin schon Wochen gekostet hat, stehe ich vor der Staffelei. »Zu bunt!« wirft er mir kurz zu, um sich dann mit Marta zu zanken. Ich stehe in einem See aus Geringschätzigkeit, während die zwei auf meinen Grafikschränken sitzen und streiten.

»Nur was im Museum ist, hat überhaupt eine Berechtigung, als Kunst zu gelten«, ätzt Anton.

»Die Kunst gehört nicht dem Museum«, antworte ich ruhig, »die frisst sich selbst in ihrer Zeit einsamsten Unverständnisses.« Er dreht sich schnaubend ab.

Dabei hat er doch mit Marta die Malerei, die damals von den Kunstmagnaten propagiert wurde, empört abgelehnt. Das Museum ein Sarg der Kunst, die, als sie entstanden ist, bewegt, verwirrt oder verstört hat. Nun wird sie mit Gedöns und Buhei in Formalitäten gefesselt, die kaum etwas mit den schicksalshaften, großen Leiden der einstigen jungen Kunst zu tun hat. Inszeniert in edlen Rahmen, weitab des Blutes, das unsere Henker vergossen hatten, fern des Gestanks der Richtstätten der Freiheit soll sie zum Schweigen gebracht werden, damit sie nur ja kein Herz mehr aufwiegeln kann.

Was soll mir die Kunstszene, die Kritik meiner Zeitgenossen anhaben, wenn ich täglich mit Familiengespenstern trainiere? Wer will sich mit mir streiten, so, wie die beiden auf meinem Schrank, leidenschaftlich, bösartig und mit einer gnadenlosen Sicht auf die Dinge und meine Bilder über ihr eigenes Leben hinaus? Es bleibt mir nichts anderes, als sie aus der Wahrnehmung zu verbannen, um in die Freuden des Lichts zu tauchen.

Ein wenig Sonne sein, das macht groß in diesem Augenblick. Der breite Pinsel mit der schmalen Kante nimmt eine Spur auf, zwischen Neapelgelb und Titaniumweiß und setzt an Nasen, Schweifen, Tatzen und an Haaren seine lichte Breitseite an. Er wandert einen Lichtverlauf durchs Bild, beschreibt einen Schwung Sichtbarkeit und beleuchtet Verborgenes, genau wie er detaillierte Wirklichkeiten überhöht, zerfließen lässt, was im Licht nicht hart sein mag. Ich bekomme Seitenstiche, weil ich vor Spannung die Luft anhalte.

»Das blendet«, mault Martha hinter mir. »Viel zu illustrativ«, legt Anton nach. Na prima, da sind sie sich ja mal wieder einig. Es ist ein lautstarker Kampf im Atelier, und Gottseidank mischt sich Leonardo ein und beginnt ihr Gezeter mit sorgfältigen Erläuterungen zu widerlegen: »Das Licht erhält Anteile an der Wahrheit. Die Schatten sollten nicht konturiert ausgemalt sein. Das passiert nur Laien.«

Wenn doch jetzt nicht lauter Kunstgeschichte-Phrasen auf mich eindreschen würden! Ich lasse sie reden, reduziere inzwischen Neapelgelb. Das Titanweiß erhält die größeren Anteile, und das Licht strahlt durch den Mittag meines Olymps.

Licht zu malen ist ein Tango zwischen Verstand und Irrsinn. Licht bildet, blendet und beleuchtet. Licht öffnet Bild und Wahrnehmung. Gleichgültig, wie gut es vorher eingeplant und grundiert war, wie sehr durchdacht die Strahlkraft immer sein mag, die Akzente sind Augenblicke, in denen ich mir auf die Zunge beiße. Wie ein Tiger im Käfig laufe ich auf und ab, suche Abstand von der Leinwand, laufe wieder auf sie zu wie auf die hilflose Beute, ein Auge zugekniffen, das andere blinzelnd, Licht und Schatten zu trennen.

Fluten von Helligkeit und Ausschluss, erhellendes Erkennen oder Blendwerkerei, jetzt liegt es in meinen Händen. Natürlich finden sich ein paar Impressionisten in meinem Hinterkopf ein. Sie plädieren laut skandierend für die Auflösung des Dramas mit Transparenzen. Sie gehören gebändigt: »Euch finde ich kitschig!« rufe ich.

Aber meine Worte treffen nicht, stattdessen empfiehlt La Tour, der niederländische Meister, alles zu verdunkeln, in Umbraschatten versetzt und nur einen einzigen Lichtstrahl von Hoffnung strahlend stehen zu lassen. Richtig verführerisch schaltet sich Turner ein, der Materialschlachten des Lichts zur Dramatik ausgereizt haben will. Fast greift er mir in die Pinsel, sein vermodderter Moschusgeruch vermengt sich mit Knochenleim, Hasenleim und Ochsengalle zum Experimentieren auf Gesso. Wer von Wagnis spricht, hat die Wirklichkeit verstanden. Im harten Kampf muss die Arbeit siegen, sonst ist sie verloren. Die Versuchung ist so groß wie die fast elektrische Spannung jetzt im Atelier.

»Leidenschaftliche Verführungsszene vor Gemälde« raunt wer in meinem Rücken. Es ist Marta, die nicht ahnt, was sich hier gerade abspielt. Ihre Malerei hat den Jugendstilkitsch einfach in Grund und Boden kritisch versachlicht und Kunstgeschichte daraus gemacht. Natürlich behauptet Anton, er sei die Kunstgeschichte, und schon geht es wieder los: Sie verlangen nach Schnaps. Bevor ich mich darauf einlasse oder Marta verteidige, weil sie ja als Frau nicht einmal auf der Akademie zugelassen war, schlucke ich den ungeliebten feministischen Ansatz herunter und arbeite konzentriert weiter.

Selbst Turner hat sich, etwas verschreckt, zurückgezogen, starke Frauen mit Martas Kaliber kommen in seinem Grab nicht vor, und Marta spricht auch nicht englisch. Ich raufe mein Haar, es klebt Ölfarbe daran. Meine Familie ist so groß, meine Liebe zu weit, wie soll ich da vernünftig arbeiten können? Erst einmal durchatmen, der Geruch von Turner verzieht sich, leider.

Martas und Antons Zigarettenqualm bleibt. Nein. Ich hatte nur vorhin den Herd vergessen, und ein beißender Rauch zieht in das Atelier ein. Die hastig aufgerissenen Fenster lassen Luft rein und die Gespenster wieder hinaus. Frische Brisen trocknen die Tränen in den Augen. Wieviel weher tat das Tränengas, damals, die Kälte des Sprühdunst von Wasserwerfern? Nein, ich wollte schon damals nicht funktionieren und den Dekorationsvorschlägen der Modezeitschriften nacheifern, ich wollte kämpfen.

Hier, auf meinem Malhocker gebe ich mich nun der Lächerlichkeit preis. Mit Entschiedenheit boykottiere ich Länder, Hersteller oder Mode, Konsumzwänge oder Festivals, ohne dass es je jemand erfährt. Male böse, wie eine verletzte Wölfin beißt, und meine Kunden empfinden es als erotisch. Meine politischen Aktivitäten werden, wenn sie nicht, glücklicherweise, belächelt werden, in eine dunkle Ecke gezüchtigt. Abgestraft in Schweigen, nicht wahrnehmen. Niemals aber darf vergessen werden, was wir sehen, was geschehen ist. Die Straße der Verbrechen gegen die Menschheit umläuft mehrmals die Erdkugel. Doch ich will meinen Erfolg nicht darauf gründen, mich auf die Startplätze zum Erfolgsrennen auf dieser Route begeben zu haben. Wie und wohin ich reisen, fliehen oder vordringen kann, darf nicht die Frage sein, die mich leitet.

Die Antwort muss immer der Gehorsam an meine eigene Wahrnehmung sein, denn wenn ich mich in der Kunst belüge, wie soll ich dann mein Lächeln bewahren, meine Lebensfreude, die doch letztlich der kleine Akzent Hoffnung auf meinen tanzenden Lichtern wäre? Trunken von Formen und Farben von Leidenschaft und Hingabe bleibt harte Arbeit. Der Straßenkampf als Erholung vom Kupferstechen ist lang vergessen, auch wenn ich das noch lernen und akzeptieren muss.

Jetzt streitet die Kunst selbst für mich, mache ich meine Bilder streitbar. Die Doppelaxt der Amazone ist ein Pinsel. Breitkantig, eineinhalb Zentimeter breit ist mein Schwert, mit dem ich in den Kampf ziehe. Vor mir liegt ein Schlachtfeld auf einer Palettenlandschaft voller Farbhügel, durch die ich renne, fliege, reise, in der ich in den Kampf ziehe, Tag für Tag. Und ich ziehe eine Spur aus buntem Blut hinter mir her, wenn ich, wie so oft, Wunden davontrage.

Reichtum fühlt sich tiefrot an und wird von Samtrot schnell zu Blut. Die Dohlen und Rabenvögel vor den Fenstern keckern dazu und ja, Malerei ist wie küssen, Glück. Mir schwindelt, und ich springe auf und laufe umher, hinter den hohen weißen Fensterkreuzen zwinkert mir ein Stück Stadt herauf und Land und Fluss und Berge, das Schloss mit seiner Kirche, in zeitloser Behäbigkeit.

Am Kamin schlafen die Hunde, Katzen, Schildkröten. Am Fenster randaliert das freche Eichhörnchen. Im Radio spielt das englische Orchester das Lied von dem Hundespaziergang, die leichte, fröhliche Melodie, die mich immer lächeln macht, und ich bin einfach frei. Der Computer blinkt, das Telefon schnarrt, aber ich gehe zurück an meinen Tatort, dem Liebesnest. Nehme den Pinsel zwischen die Zähne und Finger und streiche wie mit langen Nägeln über das große Bild vor mir, fast fertig erschaffen und noch immer offen zur Endgültigkeit.

In den liebesbereiten Armen meiner Leinwand geborgen kommt wieder Zärtlichkeit auf. Kein Raum für Beliebigkeit, kein Platz für Zuschauer, es gelingt mir, sie alle auszublenden. Jetzt will alles überlegt sein, berechnet und geplant. Keine Spontanität von Launen, alle Gespenster hinaus, alles zieht sich klein und lautlos ins Niemandsland zurück, um mich ist Raum für die Stille der Weisheit. Ich bastele verlegen an ein paar Feinheiten mit kleinen Pinseln herum. In diesem Stadium habe ich schon alles gegeben, was ich habe. Auch das, was ich nicht habe, ist verschleudert.

Es ist der Moment, an dem ich restlos überzeugt sein sollte, denn jetzt glaube ich, das Bild, dieses eine erstrittene, es möge jetzt die Welt ändern, ihren Atem anhalten, nur einen Augenblick lang, damit Verstehen einsetzen kann. Eine einzige Arbeit, und ich bin mir selbst anerkennenswert, für mich berühmt und begeisternd.

Wenn ich hier und jetzt so nicht fühlen würde, wäre das Bild verloren, und ich würde von vorne beginnen. Jetzt gibt es kein Zurück mehr, jetzt muss ich nach vorne malen, vorauszeichnen, als Wahrsagerin meiner eigenen Bildsprache, das kostet viel Kraft. Aber es schenkt Lust.

Das Zurückblicken ist voller Gefahren, aber in Gefahr wohnt Erfahrung. Augenblicke von Betrug, Verrat, sie werden in der schutzlosen Zwiesprache schnell bildhaft und tendieren zum Drama, wie auch Liebe, Glück und Zärtlichkeit Szenen zu verzuckern vermögen. Ich bin eine Frau, zutiefst berührbar und nicht zu greifen, denn ich fasse mich selbst nicht. Wenn die ganze Welt abgetrennt verschlossen außerhalb meiner dicken Mauern an sich irre wird, die Spaziergänger sich zu Kaffeetrinkergenießerbrigaden formieren, auf der anderen Seite der Wände vorübermarodieren, schleudern sie laute Kinder und Dackel mit sich hinauf ins Schlossrestaurant. Ihr Lärm stört, verängstigt mich. Was werden sie an fremden Energien auf den Straßen meiner Gedanken hinterlassen, so unmittelbar in meiner Nähe?

Schlechtes Wetter bringt Frieden. In der Nordeifel ist das Wetter oftmals ungastlich. Wetter und ich scheinen gut zusammen zu wirken. Heute sind es Hartgesottene im Kniebundhosen, die fröhlich an mein Fenster klopfen, um mich zu necken. Ich kann schlecht in meinen inneren Räumen auf die Jagd gehen, wenn ich nicht in mir bin, aber ich bin noch im Licht.

Fast wärmt mich die Helligkeit, fast ruhe ich im Strahlen, beginne auf das Wunder zu warten. (Alle Künstler warten immer auf ein Wunder: Die Botschaft, Nachricht, Post, den Anruf, den Museumsdirektor aus São Paulo, den Weihnachtsmann, der umworbene Kunstpreis, die Documenta am Telefon), aber solche Gedanken machen unruhig und entfremden mich dem Licht. Doch ich will mich nicht mehr ablenken lassen, also setze ich ab und säubere wieder die Palette, beginne von vorn.

Jetzt beginne ich mit den Schatten. Mit Paynesgrau und Dunkelviolett, Umbra und Olivgrün tupfe ich Dunkelheit, dorthin wo sie sein soll und wiederhole den Vorgang, wieder und wieder. Dann wedeln meine Fächer die Dunkelheit, Drama kommt auf. Untergang der Schatten, der Zenit der düsteren Mächte macht auf mich aufmerksam.

Alles, was sein muss, tritt zurück. Aus den tiefen Schatten kriechen Glieder, tauchen Details, nach Wahrnehmung ringend, auf. Aus den Abgründen keimt Leben, dringt das Geheimnis ganz nah an die Wahrnehmung. Ein gewaltiger Sprung in die Tiefe, anstrengend und alles noch einmal bewegend, alles, was schon so bequem im Auge eingenistet war, mir so sicher und erhaben schien. Hin und her renne ich, immer schauend, von neuem prüfend, und ich zähle nicht die Anläufe zu meinem Absprung.

Die Schattenränder, weich verhaucht, tragen manchmal Fratzen, haben sichtbar Seelen in den Transparenzen. Schatten sind nicht schwarze Kleckse, sondern weiche Universen in sich. In Schatten zu tauchen, heißt zu entdecken, in eine dunkle Tiefe vorzudringen, die Dunkelheit zu trinken. Das ist der Gegenpart zum blendenden Licht. Alle Gefahren, Ecken und Spitzen sind in wattierter Weite verborgen, und gleichzeitig ist es nur der Schatten, der Dinge und Personen auf festen Grund setzt. Ein Widerspruch, den es malerisch zu übersetzen gilt.

Schatten haben mich gelehrt und verändert. Sie haben mich zu Träumen und Ängsten geführt, von deren Existenz ich kaum ahnen konnte. Nichts ist ehrlicher als ein Schatten, ungeschminkt, unbekleidet ja, sogar farblos wirkend. Das Licht meines Malerinnenseins war oft jung, blendend und ein wenig dumm ziseliert, aber in den Schattennischen hat die poetische Macht der Melancholie gehaust und mich gelehrt, die Furcht als Viadukt zu ergründen, zu übersetzen. Ob jemand je sehen wird, wie die einzelnen Schatten übereinander gelegt zu ihren Tiefen gelangt sind, sich stützen und Halt geben, alles verschlingen und doch das Schöne immer betonen und neidlos herausstellen?

Warum tue ich das alles? Eigentlich interessiert sich niemand für Malerei, schaut hin, hängt auf, stellt aus oder zieht umher, ihre Geheimnisse zu entdecken. Keine Maler mit ihrem Besserwissen in den Talkshows, keine Fernsehkameras auf fantastischen Vernissagen, keiner lädt mehr seine Freunde zur Betrachtung eines neu erworbenen Kunstwerks ein, wie das früher einmal war. Die mittelständischen Galerien mit experimentellem Ansatz haben ausgedient, und zwischen Sonntagsmalern und gläsernen Investitionspalästen hat sich eine hohle Gasse von Lehre und virtueller Uniformität gebildet, in der der Mut verhungert.

Das Geheimnis ist: In jedem dieser Augenblicke fühle ich mich unsterblich, zeit- und alterslos, schwerelos. Alleslos. Ich bleibe als übersetzende Verbindung zwischen Gefühl und gekitzeltem Verstand als Mechanikerin auf der Teststrecke des Lebens. Federleichte Ringerin der Lüfte, Maurerin der Mathematik, von Tränen und Stöhnen vor Lust. Frei in mir und ohne Grenzen. Längst ist es so, ich kann nicht anders.

Und so stehe ich hier, beiße mir vor Anspannung auf die Zunge, arbeite mich an kleinen Schattenseen ab, denn es ist nicht die Frage, es ist die Antwort. Es ist nicht das Problem, sondern die Lösung. Durch meinen Kopf wehen frische Winde alte Befürchtungen auf, auch wenn ich lieber schlafen würde.

Der Schlaf aber brächte wieder die Träume davon und würde alles durcheinanderwirbeln. Denn würden sie überhaupt den Unterschied bemerken? Dann würden sie andere Präsidenten wählen, dann wertschätzten sie die Werte und die Schätze. Aber sie hören nicht, sie fühlen nicht und sie bemerken nicht. Denn sie hüllen sich allesamt in des Kaisers neue Kleider; und wer will schon seinen alternden, hässlichen, dicken Körper bloßstellen lassen? So spielen sie, doch ich hocke da und mache Ernst. Entblöße meine Angst vor ihnen und mein Unwissen, meine Besessenheit und mein ganzes Begehren. Ich habe zum Wechseln nichts als Hoffnung zu geben.

Und mein Taumel rauscht in Arbeit, Lust und Leidenschaft durch alle Zeiten, um dann, wie in einem guten Kabarett anzukommen. Das kann man, frau, nur malen. Malen, nichts sonst.

Und heute ganz besonders. Auf der Biennale in Venedig tummelt sich geschauspielte Kunst körperlich aktiv auf dem Boden des Deutschen Pavillons und wird ausgezeichnet. Natürlich freue ich mich mit den Akteuren darüber. Aber zu Beuys, wenn er wieder einmal durch mein Atelier spukt, möchte ich sagen: Hey, weißt Du noch, vor 50 Jahren? Das Living Theater in New York? Gleichzeitig haben wir in Köln mit Signe Piehler genauso gearbeitet, erinnerst Du Dich nicht?

Hinter dem geheimnisvollen Namen verbarg sich eine schweigsame Schauspielerin mit langen honigfarbenen Haaren und schläfrigem Blick, die ein Straßentheater, nun ja, nicht wirklich leitete, sondern eher um sich versammelte. Konzeptuell pflegte Signe Piehler pursten Agitprop. Die Bürgerschaft sollte durch Aufführungen aus ihren erstarrten Denkweisen befreit werden, aufgerüttelt, erweckt, damit sie die gesellschaftliche Realität wahrnimmt und zu einer revolutionären Haltung gebracht wird – halt das, was 1970 eigentlich alle machten. Überall wurde der revolutionäre Geist beschworen und die Bürgerschaft schockiert.

Auch bei Signe Piehler jagten wir die Bürger, wo wir sie fanden – gern auf der Hohe Straße, Schildergasse oder um den Dom. Die auszuführenden Choreographien waren höchst rudimentär angelegt. Meistens wurde eine Anweisung weitergeraunt, wie »Wir werfen uns jetzt alle schreiend auf den Boden!« oder »Wir bilden alle einen menschlichen Leib und rufen das ›Habba, Habba‹!«. Die daraus resultierenden Happenings hatten genau den erwünschten Effekt: sie waren aufsehenerregend und wirkten zutiefst demoralisierend auf unschuldige, einkaufswillige Passanten.

Erinnerst Du Dich daran, Beuys? Wie wir mitten auf der Schildergasse lagen und endlich eine Skulptur gebildet haben aus hundert Körpern und mit unseren Händen nach Passanten griffen, ihre Knöchel und Hunde gestreichelt haben? Wir waren keine Schauspieler, wir waren echte Künstler, lagen im Dreck statt Bewunderung zu erlangen. Wurden angespuckt und angezeigt. Wir waren das Original, unbeschreiblich gut, und das vor 50 Jahren! Und Du, Beuys, erzählst mir, meine Malerei sei altmodisch? Wie war das mit des Kaisers neuen Kleidern? Waren die modisch?

Dennoch: ich habe verstanden. Das Interesse wäre da, es muss nur getragen werden. Wie eine Brücke in eine andere Welt geschlagen, die sonst unsichtbar bleibt und die Menschen verarmt hinter sich zurücklässt. Sie brauchen doch alle Mut, Hoffnung, Leidenschaft, oder nicht?

Ich bin reich, mir bleibt die reine Malerei, eine Insel, über die selten eine Drohne fliegt. Frieden und Zeit treffen auf Verantwortung und Lust und machen gemeinsame Sache; aufregender kann ich nicht sein, und gerade darum ruft die Pflicht zum Weitergeben. Vielleicht fügt sich alles zusammen zu einer Allianz des freien Überlebenswillens, meinem eigentlichen Beruf, und meiner Kassandrarufe aus den Botschaften des Unterbewusstseins. Träumen, um zu überleben, wenn der Geist sich einsam fühlt.

Derweil mühe ich mich weiter, mit den Schattierungen die Bodenständigkeit in meinem Bild zu erlangen. Glückseligkeit ist Paynesgrau, wenn die Tränen auf Regenbögen reiten. Malen, immer weiter malen. Mein perfektes Gemälde wäre eine leere Leinwand, an der ich weiterschaffen darf, immer weiter male bis zum Ende aller Zeit. Eine Leinwand, die nicht endet, niemals vollgemalt ist, keine Zeit kennt und mir den Segeltörn über die Gewässer des Unbewussten bietet, wenn die mitreisenden Seeleute als Gefährten der Inspiration in die Segel pusten. Nein, ich habe kein Alter mehr. Die weise, alte Frau, das ängstliche Kind, der verliebte Teenager, der tanzende Derwisch, die streitende Amazone, Zweiflerin und selbstverliebt, alles auf des Pinsels Spitze.

Pinsel, Prinz und Prinzessin, küsst alle wach und befreit mich von jeder Gesellschaftskette, auch wenn ich dafür wie ein Pariahund draußen vor der Stadt um Futter heulen muss. Mir ist bewusst, ich muss einen hohen Preis bezahlen in den Zonen der Unsterblichkeit zu tanzen, mutverwöhnt und vorlaut. Auf der Leinwand, die mir immer weiß und jungfräulich bleibt, sind die Schneefelder kalt, aber grenzenlos. Mit besessenem Feuer versinke ich in den Wehen, vielleicht holt mich irgendwann ein warmes Rot auf saftigtiefes Grün.

Jedes Bild ist mein perfektes, meistbedeutendstes, wenn ich daran arbeite. Und wenn es vollendet ist, wird es höchste Zeit; dann soll es ziehen und arbeiten, ganz allein und voller Entschlossenheit, so wie ich es mit ihm tat. Malen, um zu leben und Leben für die Malerei verlangt mir jetzt das Abschweifen ab und will mich weitertreiben. Die Schatten stehen wie Säulen bereit. Wollen wissen, was sie auf sich haben und ob sie stark genug sind, zu tragen.

Ich trete zurück, von neuem Pinsel und Paletten sorgfältig zu reinigen. Wie so oft am Tag mache ich das, wasche, reinige, seife und spüle, wenn es wieder an der Zeit ist, den Ton zu wechseln.

All die Übergänge zwischen Himmel und Hölle, zwischen Wahnsinn und Unwirklichem, zwischen Schönheit, Magie und Vorstellungskraft müssen sauber verwebt und hauchzart veredelt werden, um ihren Auftritt perfekt zu gestalten. Jetzt heißt es durchatmen. Es wirken lassen. Sprechen lassen. Dem eigenen Bild kritisch lauschen.

Zu meiner Linken sitzt jetzt wieder mein Vater. Er schimpft wie ein Straßenkehrer, schlimmer, als ich es tue und lacht dazu. Sein Humor ist schwarz wie sein Tod. Er sieht immer aus wie Anton, wenn dieser sich als eleganter, gebildeter italienischer Graf verkleidet hätte. Aber frech ist auch er zu mir. Sein Tod hatte mich frei gestoßen, in meine vorbereitete Welt, in Einsamkeit. Meine Stadt war ohne ihn sinnlos, wie leer, eine Geschichte, die ich ihm nicht mehr erzählen konnte, als hätte ich sie nicht wirklich erlebt. Meine Familie war plötzlich so klein, meine Bilder mussten heranwachsen und erwachsen werden.

Nicht lange ließ er mir Zeit zur Bitterkeit, da stand er schon im Atelier, ein wenig verständnislos vor meinem Kummer und beschwerte sich, weil kein Rotwein da war, er sei doch da, oder? Seither sitzt er im Atelier, und ganz anders als das Krakeel der anderen Gespenster klingt seine Stimme warm. Seine Kritik meint mich meist persönlich, auch wenn sie mich immer wieder an die Kunstgeschichte oder die eigene Familie zu fesseln scheint. Natürlich liebt er Bilderstreit und Zank, was mir guttut. »Weißt du noch, der Drachen, den du auf unsere Wand gemalt hast? Er war so leicht, wunderschön. Er schien die Decke in die Luft zu heben, mit dir zu fliegen. Und dann hast du ihn zugemalt, einfach zu viel, dich und ihn übermalt, bis er schwerer und schwerer wurde, dann ist er abgestürzt«

»Damals war ich zwölf!«, verteidige ich mich. »Ich fühlte mich als weiblicher Michelangelo, damals wollte ich so gut sein, wie ich blind war.« Ich fahre ein paar Schritte entsetzt zurück und blicke voller Sorge auf das Bild. »Ist es wieder soweit?«

»Nein«, lacht mein Vater, »noch nicht.«

Sein Tod war meine dunkelste Farbe. Mit seinen Autorenfilmen, Büchern und Debatten hatte er mich für diese Welt verdorben. Hatte auf dem ersten Neumarkt der Künstler in Köln gesessen und meine kleinen Scheußlichkeiten für mich verkauft, während ich im Opernhaus in dem Multimediastück »Hysteria – Paradies schwarz« tanzte.

Über »Hysteria« lohnt es sich ein paar Worte zu verlieren. Die Idee der Multimediaoper war schon zweimal in Deutschland von Edmund Kieselbach und dem Komponisten Schönbach ohne überwältigenden Erfolg verwirklicht worden; nun hatte man den Schriftsteller Dieter Wellershoff dazu gewinnen können, einen Text zu schreiben, der das ganze konzeptuell zusammenhalten sollte. Ein wirkliches Opernpublikum existierte in Köln eigentlich nicht, sondern es bestand eher aus langjährigen Abonnenten, die in ihren angestammten Sitzen der Verwesung entgegendösten. Und so gedachte man, ihnen mit »Hysteria«, dem »totalen kinetischen Environment« ihre eigenen Alpträume und auf »halluzinative« Art und Weise den Jammer im Dasein des Menschen näher zu bringen. Das halluzinative Element war dabei, jede Textzeile so lange zu wiederholen, bis das Publikum sie nicht mehr hören mochte und – drob in Erregung gefallen – hoffentlich Reaktionen irgendwelcher Art produzieren würde, die dann wieder integrativ vom Ensemble aufgenommen werden sollten.

Mehrere bedeutende Künstler dieser Zeit hatten Objekte zum Bühnenbild beigesteuert, wie Kieselbach Klangobjekte aus riesigen Kabeltrommeln von Felten und Guillaume, der kurz vor der Premiere verstorbene Peter Brüning kinetische Objekte. Günther Weseler hatte gigantische atmende Häute geschaffen oder eine ganze sich bewegende Rückwand, aus der inmitten der Vorstellung ein riesiger Phallus brach. Eine Handlung existierte streng genommen nicht, stattdessen gab es irrsinnig viel Lärm und durchgehendes Chaos. Ehrlich gesagt war »Hysteria« kaum mehr als eine Aneinanderreihung von mehr oder weniger absurden Szenen, die mit monumentalen Kakophonien und hochkomplizierten Licht- und Bühnenbildorgien eine Bedeutung vorspiegelten, die sich auch dem gutwilligsten Betrachter nicht erschließen mochte.

Dieses Konglomerat aus Tanz, Text, Musik, Aktion, Objekten, Tonbandeinspielungen, Kunst und ungefähr 500 Beteiligten war seit Monaten geprobt worden. Irgendwie versuchte man das ganze Durcheinander minutiös ablaufen zu lassen, was seltsamerweise zu gelingen schien. Doch als vier Tage vor der Premiere ein Team der Fernsehsendung »Aspekte« einige Szenen aufnehmen sollte, funktionierte gar nichts mehr: die Tänzer kamen an der falschen Stelle aus der falschen Richtung, die beweglichen Objekte bewegten sich nicht, und den Bühnenarbeitern wurde schlagartig klar, dass sie nicht so genau begriffen hatten, was wann wohin musste. Im Ensemble brach die große Panik aus. Sofort wurden Proben über Proben angesetzt, und ich konnte mich kaum noch auf meinem geliebten »Neumarkt der Künstler« blicken lassen.

Vielleicht wird man sich erinnern: ungefähr zu dieser Zeit fiel in einer anderen Produktion der Sänger Wolfgang Anheuser von einer Empore und starb später an den schweren Verletzungen, die er sich bei diesem Sturz zugezogen hatte. Auch das Bühnenbild in »Hysteria« war haarsträubend gefährlich. In einer Szene musste die Gruppe von Signe Piehler, in der ich auch noch sporadisch mitmachte, auf hohe schmale Gerüsttürme klettern, die man über die normale Wackeligkeit hinaus auch noch auf Rollen gestellt hatte. Hier hatten wir auf den Zwischenböden bedeutungsschwangere Stellungen einzunehmen, um dort Sachen zu rufen wie: »Und droben im Kuckucksnest meines Kopfes, wer träumt dort«. Während wir noch auf diesen schwankenden Bauten kauerten, wurden von der Seite mit großem Gerassel die Kieselbachschen Kabelrollen hereingerollt, während die Bühnenarbeiter begannen, die fahrbaren Türme aufeinander zuzufahren. In der Sekunde, in der das Licht ausging, sprangen wir auf und sahen zu, dass wir in der uns nun umgebenden totalen Dunkelheit die Gerüste verließen, bevor am Ende der Bewegung die Türme zusammenkrachen und alles an Fingern, was dann noch versuchte, sich festzuhalten, zermalmen würden.

Die Opernpremiere war von uns mit großer Spannung erwartet worden. Wir waren sicher, einen Skandal zu produzieren und vorsichtshalber hatte man Reaktionen des Publikums vorhergesehen und in das Konzept integriert. Der gesamte Offenbachplatz war schon seit Tagen von Gittern und Verkehrszeichen blockiert worden, und das Opernpublikum wurde im Foyer von irritierenden Gestalten empfangen: Sanitäter trugen eine Tänzerin auf einer Bahre zwischen den Zuschauern umher, eine Verhaftung wurde simuliert, irritierende Durchsagen gegeben. Dann stellte der Pütz sich vor den eisernen Vorhang, stieß einen fürchterlichen Fluch aus und schlug verschwindend die Eisentür hinter sich zu. Jetzt erst öffnete sich der Vorhang, ich stand unter einer riesigen Lichtorgel, reckte mich in den Himmel und rief: »Nochmal, weil's so schön war!«

Mein Hauptpart war ein Solotanz gegen Ende. Vom Schnürboden hatte man an langen Seilen Dutzende von Autoreifen gehängt, zwischen die ich springen, mich auf der Erde winden und rollen musste. Die Reifen begannen immer stärker zu schwingen, und es war auch nicht mehr so richtig lustig, wenn ich mich bemühte, den sausenden Rädern, die da aus allen Richtungen auf mich zurasten, auszuweichen und das auch noch möglichst elegant aussehen zu lassen, während an den Seiten der Bühne aufgestellte Gestalten – Signe Piehlers verkleidete Schauspieltruppe – sich eigentümlich bewegten und vom Band dröhnend laut die Geräusche von Verkehrsunfällen abliefen.

Die Premiere selber lief vollkommen unspektakulär ab. Zu unserer Enttäuschung blieb die avisierte Publikumserregung aus. Die einen fanden es »schön« (warum auch immer), und die anderen nahmen die ganze Veranstaltung mit stetig wachsender Heiterkeit zur Kenntnis.

Leider wollte es der Zufall, dass die Premiere von »Hysteria Paradies Schwarz«zeitgleich zum »Neumarkt der Künstler« stattfand. Die ganze Woche waren Proben angesetzt, und ich würde nicht mehr meiner eigentlichen Berufung nachgehen können, sondern sollte im Opernhaus sein. Für mich war das entsetzlich. Endlich sollte ich meinen Durchbruch und meine Anerkennung als Künstlerin haben und würde es nicht genießen können. So fragte ich meine Eltern, die unvorsichtigerweise auch zustimmten, meinen Stand zu beaufsichtigen.

Schon 1971 gab es große Aufregungen um den Kölner Kunstmarkt. Genaugenommen gab es in diesem Jahr drei. Der »Neumarkt der Künste« war die Keimzelle dessen gewesen, was heute Millionen bewegt. Arnold Daidalos Wande hatte es initiiert, einige Galeristen aus der Kölner Südstadt zur Unterstützung gewonnen, wie den immer zu einer spektakulären Aktion zu bewegenden Ingo Kümmel. In einem riesigen Zelt auf dem Neumarkt konnten alle, die sich berufen glaubten, gegen geringes Geld einen Stand mieten und ihre Werke der hoffentlich interessierten Öffentlichkeit präsentieren. Schnell hatten auch die Stadt und Galeristen begriffen, dass sich auf einer Messe gutes Geld verdienen lässt und in den Räumen der Kunsthalle zeitgleich einen Kunstmarkt initiiert. Im Jahr vorher hatte es aber einen großen Skandal gegeben: Der »Verein der progressiven Galeristen«, dem die Organisation dieses Ereignisses oblag, hatte einen Großteil der interessierten Kunsthändler nicht zugelassen, offiziell aus Platzmangel. Andere bekamen schlechte Plätze, gerne die ausländischen Galerien, die man zur Hebung des eigenen Renommées eingeladen hatte. Und als außerdem Joseph Beuys und Wolf Vostell, denen die ganze Verkaufsveranstaltung eh suspekt war, da sie sich für eine Produzentenmesse stark machten, das exklusive Konzept sprengten, indem sie dafür sorgten, dass jedermann freien Eintritt erhielt, war auch in diesem Jahr der Ärger vorprogrammiert.

Es kam, wie es kommen musste: der Mailänder Galerist Schwarz sprach von Gangstermethoden, die ausgeladenen Galerien eröffneten eine Gegenmesse im Belgischen Haus, man stritt sich über Stellplätze und Konzepte und tat alles, sich gegenseitig das Leben schwer zu machen. Beuys, obwohl auch seine Kunst auf den Kunstmessen vertreten war, gab sich weiterhin schwierig und eröffnete gleichzeitig eine Ausstellung in der Galerie Rywelski, die ihn vertrat, während Vostell in sein Kölner Atelier einlud.

Ungeachtet all dieser Querelen hatte die Stadt Köln wieder ein großes Zelt auf den Neumarkt gestellt, in dem die nicht durch Galerien vertretenen Künstlern ihre Werke präsentieren konnten. Offensichtlich hatte man begriffen, dass der Kunsthandel in Köln zwar gutes Geld umsetzen konnte und dem Ruf der Stadt guttat, dass eine derartige Atmosphäre aber auch eine lebendige und freie Kunstszene braucht. Und so stellte man uns diese Ausstellungsmöglichkeit zur Verfügung.

Eine Vorjury existierte nicht. Ich erinnere, mich bei dem Künstler Michael Zepter beworben zu haben, und das war es. Nun gehörte ich dazu, zu so Leuten wie Fritz Hans Lauten,

Will Thonett, Inge Prokot, sie alle fanden sich auch hier ein. Neben Maopostern hingen die psychedelischen Bilder von Manfred Löhe, der leider bald darauf drogensüchtig wurde, oder Lorose Keller, deren Versuch, die ganze Stadt mit Pfeilen in Richtung Neumarkt zu versehen, an einer Diskussion mit einem Künstlerkollegen über Sinn und Unsinn dieser Aktion scheiterte. Eine Bühne war aufgebaut, von der Lesungen oder Musik kommen sollte, die aber leider meistens verwaist war.

Die Atmosphäre war vergleichbar mit einem besonders ekligen Jahrmarkt. Draußen stand ein Bus, in dem man etwas trinken konnte, und drinnen waren wir. Das Publikum zog in Massen an uns vorbei, denn keiner gedachte, sich dieses Spektakel entgehen zu lassen, und überzog uns mit hämischen Sprüchen und haßerfüllten Beschimpfungen; nur manchmal zeigte jemand echtes Interesse und kaufte tatsächlich etwas. Doch die meiste Zeit kam ich mir vor, als wären nicht die Bilder ausgestellt, sondern wir zur besonderen Belustigung der Kölner Bevölkerung. Und trotzdem war ich unsagbar stolz, mich hier das erste Mal als Bildende Künstlerin präsentieren zu dürfen.

Ich hatte einen wunderbaren, leider auch sehr zugigen Platz direkt am Ausgang, den ich mir mit einer Kollegin, Bärbel mit Namen, aus der Truppe von Signe Piehler teilte. Während ich meine ganze Aufnahmeprüfungsmappe, aufgemotzt mit allem, was ich zu Hause fand, zum Kauf anbot, hatte diese das Fimo für sich entdeckt und kleine, ursprünglich reinweiße Figuren daraus geknetet, sehr abstrakt und proportionslos. Da sie aber wie ich bei »Hysteria« auftrat, und unser Training verlangte, dass wir uns ständig auf dem Boden zu rollen hatten, pflegte sie sehr schmutzige Finger zu haben. Dies sah man auch den Figuren noch an. Statt weiß waren sie eher anthrazitfarben, gehöht mit kleinen Dreckknubbeln, und verschreckten meinen armen Vater derart, dass er für den Rest seines Lebens ein Kunstmarktstrauma hatte.

Tatsächlich fanden hier meine ersten Verkäufe statt. Ich hatte eine Mappe von »Glücklichkeitsbildern« gemacht, unerträglich dekorative Bilder aus dem Geometrieunterricht, die ich während der Schulpausen ausgemalt und mit einem verwirrenden Titel versehen hatte, und meinem Vater gelang es, davon zehn Stück zu verkaufen.

Und nun sitzt er in Martas sonnenblumenfarbenem Sessel und pflegt bitterschwarzen Humor und gelebtes Wohlgefühl, obwohl er tot ist. »Der Geist ist nicht an den Körper gebunden, ein Körper ohne Geist hingegen ist tot«, stänkert er gegen meinen derzeitigen Kunsthändler, völlig außer Acht lassend, wie kostbar es ist, überhaupt einen zu haben. Am Ende wird er wahrscheinlich wieder Recht haben, wie immer. Meine Ausstellung heute Abend regt ihn entsetzlich auf, das lässt ihn so richtig in seine Temperamente fahren.

Meine Schwester, eigentlich seine Lieblingstochter, kommt nicht. Sie ruht sich von ihrem kurzen Leben aus. Mein Vater erzählt nicht von ihr, es ist wie zwischen uns vereinbart. Auch meine Mutter kommt nicht aus ihrer Welt ins Atelier. Das Jetzt ist, denke ich, ein Raum für eine andere Welt, irgendwo zwischen Leben, Tod, Verderben und Paradies. Ein Raum für Liebende, der besonderen Art, wie Menschen an Flüssen, die küssen. Und in meinem Atelier hat sie sich sowieso nie wohl gefühlt.

Soviel Kraft braucht jede Leinwand, soviel Zärtlichkeit. Die Leidenschaft, die sich aus dem Mut im bodenlosen Dasein zieht, verträgt keine Allgemeinplätze, keinen Kaffeeklatsch. Wohl aber Wahnsinn, Absurditäten, Zorn und Wut, wie die Liebe, die so richtig Schwindel bereitet, über den schwankenden Säulen von Beinen mit weichen Knien.

Wenn ein Kuss wie ein Blitzschlag die Sinne raubt und den Geist in eine andere Welt entführt, in eine seelenlose Körperlichkeit, die die Gedankenschwere vergessen lässt.

Ich hole Tee und trinke fast mein Terpentin. Die Luft voll Malmittel macht mich japsen. Ich reiße die Fenster auf, bis alle Katzen erwacht und nach langen Dehn- und Streckübungen nach draußen geschlendert sind. Das von mir in Raserei entfachte Chaos um mich sollte ich ins Netz twittern. Das lieben die Folger, »schön irre!«

In meiner selbstgeschaffenen Manege laufe ich Kreise, verklebe mein Handy mit Ölfarbschmier und summe zur Radiomusik. Laufe wie ein gefangenes Raubtier auf und ab, bevor ich wieder in das Bild springe. Der Abstand ist wichtig, dient meiner Orientierung.

Meine Malatmosphäre ist von mir geschaffen, um zu arbeiten. Natürlich sind nicht nur die Malgespenster und die vielen Tiere meine Hausgenossen. In diesem uralten Bruchsteinhaus in der Vorburg wohnen auch Geister. Friedlich nette Seelen, die sich weder erwischen lassen, noch bei der Arbeit stören. Sie spuken zwischen den Geheimgängen, dem Bilderlager und der Schlosskirche hin und her, gut gelaunt und immer fröhlich.

Früher gab es Trubel in der Kölner Südstadt, in der um meine kleine Werkstatt in der Alteburger Straße das Leben tobte, meine Nächte voller Schwulenorgien in Venedig, meine Produzentengalerie, das große Kunsthaus in der Eifel, voller Besucher, immer war etwas. Das Gewirr von Gewäsch und Luftküssen, der Duft von Menschen hat mich ausreichend umgeben, die Verfügbarkeit zwischen der Eitelkeit, dem Reichtum und der Gier hat sich überlebt. Ich bin hindurch geschlüpft und ausgewichen, ein Feuertanz gegen mich selbst. Wie an einem Lichtschalter konnte ich mich an- und ausknipsen konnte, stets heiter, unterhaltsam, eilig wieder auf und davon. Und meistens war ich im falschen Moment am verkehrten Ort.

Ich war richtig und doch verdreht, ein buntes Alien in einem See von farblosem Nichts. Wie sich andere freischwimmen, habe ich mich freigemalt zu einer Zuflucht, die keine sein kann. Die Mauern habe ich, den tiefen Wald, gefolgt von weißen Hunden und grauer Katze. Marta sagt immer, die graue Katze ist die ihre, die von Angelika Hoerle. Ich widerspreche ihr dann, nein, eine Katze ist immer sich selbst.

Ich weiß, dass ich mich verstecke wie hinter einem Asperger-Syndrom. Ich kann anders. Ich kann in Menschen tauchen und fürchte keine Kamera, kein Mikrofon und keine Rede. Die Leute fürchten mich. Aber ich möchte es nicht leben, ich lebe in der Malerei einen Gegensatz, der gar keiner ist, denn hier bin ich wahr. Und zeige, was zu schauen wäre.

Künstler sind Visionäre. Manchmal sehen sie einfach genauer hin, weil das Sehen ihr Beruf ist und sie gar nicht anders können als hinsehen. Wenn Dinge geschehen, die unabdingbar sind. Wenngleich andere weder sehen noch handeln, bleiben die Wahrnehmer weit hinter ihnen zurück. Oder zu weit voraus, um noch gesehen zu sein.

Mit breitem Fächerpinsel ziehe ich Verworrenes glatt. Denn das Glattmalen lockt später einmal die Betrachter ins Inseits. Sie vermuten ein schönes gemaltes Gemälde und werden vom Glanz angezogen, farblich betört; dann mögen sie in den Inhalt tauchen oder zur Hölle fahren. Manchmal beides.

Erotisch, sinnlich, voller Humor, doch die Botschaft bleibt der Hemmschuh des Ziellaufs. Grausam. Wir sind inmitten eines historischen Sturms des Wandels. Die gemütliche Aufbauzeit der Ernte unseres Wirtschaftswunders wütend gegen die Mauern gewirtschaftet, verspielt. Wahnsinnige Präsidenten denken über Krieg nach, verletzte Völker beginnen zu wandern oder verhungern, und unsere

Inseln, auf wie wir doch noch fliehen wollten, versinken im warmen Polarmeer, in dem magere Eisbären sterben.

Alle haben ihr Erspartes gezählt, und nun wird es nicht gut ausgehen. Unsere Geschichte ist zu sehr mit uns, weltweit davon besessen, unsere allerletzten Ressourcen zu plündern, damit wir noch einmal gemeinsam feiern können und niemals ein anderes Wesen daraus zu trinken vermag. Und ich stehe hier, inmitten meines Meeres aus Farben, allesamt gepresst aus Narben, und erzähle davon. Manchmal in Schonfarben, denn auch ich bin nicht frei von Liebe und dem Wunsch zu gefallen.

Manchmal, an klugen Tagen wird mir die Absurdität meines Wirkens so bewusst. Wenn ich male, glaube ich, mein Pinsel erobert die Gehirne und die Herzen in der Welt. Denn es ist so schön: Ich höre den Regen, der auf dem Laub vibrierend zarte Trommelschläge angibt, eine Gitarre, unten in der Stadt spielt jemand ein Lied von Joan Baez, ein Jugendlicher balzt, eine Amsel singt, während eine frühe Blüte sich am Gartenfenster spiegelt und erste Bienen ihren Duft feiern. Irgendwo wird jetzt Liebe gemacht, gelacht und beschenkt, irgendwo ist ein Kind geboren, macht Eltern sprachlos vor Glück, und die Dohlen haben ihr Nest über meiner Haustüre vollendet.

Überall gibt es das kleine, das große Schöne. Welche Aufgabe für eine Malerin. Mein Vater stellt so müde, wie ein Geist nur müde sein kann, sein Sherry-Glas auf den von Marta bemalten Kaffeetisch. Unbemerkt hat er sich hinter mich geschlichen. Er hört noch immer die Flugzeuge auf dem Dach einschlagen, er hat seinen Weltkrieg mitgenommen, das Grauen hat ihn zerstört, ohne dass Scherben oder Blut geflossen sind. So viel Angst vergisst er nicht.

Wie male ich Angst? Wie male ich die unendliche Liebe zum Leben, all diese Süße, die wie Musik die Brücke und Risse durchdringt und mit Lächeln tränkt. Dazu die Bitterkeit, die erbarmungslos die Hoffnung zu Boden tritt, wie Galle giftig alles nimmt und ganz besonders das Geliebteste, das Leben? Wie diese Mischung in Freude als Grundierung unter die einschlagenden Kometen ausbreiten, damit sie uns das Lächeln lässt?

Mein Vater hat Lächeln gelassen, weil er Freundlichkeit verschenkte. So viel, dass ich mit ihm die Öffentlichkeit scheute. Von überall kamen Mütter, die Greise, Hündchen oder Marktschreier auf ihn zu, um ihr Leben mit ihm zu teilen, ihre Dankbarkeit, ihre Freude. Bei seiner Beerdigung war die Trauerhalle voller Menschen. Und seine Zeit dauert noch, solange wir die Erinnerungen teilen. Er springt für mich durch Reifen und schlägt Purzelbäume. Seine Anwesenheit macht mich weich. Anton, sein Vater, sorgt für die Härte. Ist das nicht genau dieser Gegensatz, der sich auf der Leinwand bekriegen soll: unendliche süße, Bitterkeit?

Zerrissen zwischen all diesen Spannungen sehe ich das Entstandene wieder wie neu. Ein Gesichtsausdruck hier, der wie ein Lächeln wirkt, ist mir zu konkret, eine Bewegung dort hingegen wieder zu verwaschen. Eine Hand ist mir plötzlich zu puppenhaft, eine Büste zu figurativ, eine Wolke – sollte sie nicht eher ein einstürzendes Monument sein? Ein Auf- und Abwägen beginnt in der Welt, die ich erschaffen habe. Wollte ich sie so, nicht anders? Wie sollte sie mir Welt sein? Heimat, Zukunft, Vergangenheit, erloschener und verlorener Traum?

Der Kampf. Wann endet ein Kuss? Wann ist der Augenblick gekommen, sich zu erlösen, von Spannung, Gier und Sucht? Wann lässt die Innigkeit die Neugier siegen, und wo endet die Suche?

Eine einsame Schlacht.

Mein Vater verlässt das Feld, als brauche ich nun seine Nähe nicht länger, mitnichten. Jetzt, genau hier benötige ich

Ratgeber, Kritikerinnen, Helfer. Und immer an diesem Punkt verschwinden sie, lösen sich in Unwohlgefallen auf. Keine Sehgewohnheit, auf der ich mich ausruhen möchte, nichts, was ich jetzt übernehmen, stehlen darf. Nicht das Licht der Niederländer, das Leid der Kahlo, nicht die Wasserspiegelungen von David Hockney oder gar die Kompositionslehren von Paul Klee. Jetzt lassen sie mich alleine, alle und verzweifelt.

»Malerei ist ein einsames Handwerk und die Balance zwischen Himmel und Hölle«, hat Marta gesagt, wie wahr. Jetzt bin ich einsam. Kein Gespenst, kein soziales Netzwerk, kein vorlauter Besserwisser, der meine Pinselhaltung gönnerhaft korrigiert, schleicht sich mehr von hinten an, bohrt mir dünne Geisterfinger in die nasse Farbe. Kein Wissen nimmt mir jetzt die Entscheidung ab.

Und wie gerne hätte ich sie gerade jetzt gehört! Den Betrachtern gefällt das Leichte, das flott Gesponnene gut, damit unterhalten sie sich. Wenn es kompliziert wird, drehen sie ab. Die Scharen von Autodidakten des Sehens identifizieren sich nicht mehr, Kunstkritiker finden alles manieriert und bemüht. Und wie sehr bemühe ich mich in diesem Augenblick, aber was soll das heißen?

Ich will niemanden befriedigen, ich will meine unbändige Sehnsucht sättigen. Meine Musenküsse dürfen nicht die ihren sein. Natürlich will ich Aufsehen erregen, bin ich eitel, muss ich verkaufen, am besten aus großartigen Ausstellungen heraus. Als schwindele mir vor lauter Widersprüchen, kreist mein Hoffen mit dem Eigensinn auf dem Parkett des Hasses gegeneinander, droht mich auszustoßen in Bedeutungslosigkeit. Daher kämpfe ich mit allen Pinseln im Moment von Unendlichkeit, wenn das Bewusstsein des Handwerks gegen die rauschhafte Droge antritt, meine inneren Räume zu entäußern. Ein Wahnsinn, den niemand mehr bremst. Ich umkreise die Staffelei wie ein Raubtier seine Beute und wittere fast den Sieg – wenn ich jetzt keinen Fehler mache; sonst flieht mich alles, und ich bleibe leer zurück.

Diese Leere geschieht mir selten; zu lange stehe ich schon, ölverschmiert, in diesem Ring. Aus vielen Leben trage ich die Bilder, aus vielen Seelen meinen Auftrag. Es geht um das Sichtbarmachen. Darin liegt die Verantwortung, die Pflicht, der ich mich unterwerfe. Und weil ich siegen will, ringe ich so heftig mit mir selbst.

Viele Maler stehen gut gelaunt im Atelier. Werfen mit Leichtigkeit, Formen, Farben, eine rasche Geste, einen Scherz. Scheinbar haben sie es leicht, aber wie oft habe ich auch sie hungern und klagen erlebt. Seither habe ich von der Biennale-Präsenz bis zum Suizid viele Maler verfolgt. Alle Varianten von Neid bis Heldenverehrung haben sich mir entfremdet. Ich freue mich an allen, die mitmachen im Hürdenlauf kreativer Überlebenszeit.

Warum ist es mir selbst um so vieles schwerer, zu arbeiten? Liegt es an den Stufen meiner Leidenschaft und Besessenheit? Ist mein Berg höher, der Weg steiler, die Limbostange tiefer gehängt? Manchmal sind mir die Reizstoffe ausgereizt, bis es nicht mehr geht, sich was trauen.

Natürlich möchte ich gerne, dass meine Mühe unsichtbar bleibt. Ein Bild, ein Lächeln, wie das einer Tänzerin, die auf der Spitze ihres Fußes balanciert. All die zerschlissenen Schuhe soll niemand sehen, die schmerzenden Stellen an den geschwollenen Füßen, blutige Blasen, gezerrte Sehnen. Erschöpfung und Schweiß, und obendrüber ein Lächeln in leichter Anmut. Aus Demut und Distanz, scheinbar verzückt in Hingabe, doch die falschen Wimpern gesenkt; die Marionette denkt, mit königlicher Würde will der Knicks gekonnt sein, bevor es in das Paradies der Heftpflaster zurückgeht.

Tanz und Malerei sind sich verwandt. Der eigene Körper und seine fast rhythmische Eroberung des Raums war einer der ersten Gestaltungsversuche von Mensch und Menschheit vor der Anreicherung durch die Kulturen. Eine Bühne mit Präsenz zu füllen, ihre Tiefe zu vermessen, in Choreografien zu gestalten, bis das Licht vollendet, was an Schminke zu übersehen wäre, das gleicht der Leinwand, wenn auch in mehreren Dimensionen oder orchestral getragen. Eine Malerin schleppt ungleich mehr Aufwand mit sich, wenn ich mir all die vielen Farbtuben und Pinsel ansehe, die mich über den Tag begleiten.

Es mögen Tage, Wochen oder Jahre vergehen. Zeitlos und einsam, wie im Augenblick eines Solos, flieht die stehende Zeit grenzenlos vor angehaltenem Atem. Nur hier aber bin ich frei. Kein Lächeln in das leere dunkle Loch, in dem im Opernhaus die Zuschauer auf einen Sturz lauern, auf einen Fehler oder auf berauschende Momente. Mein Lächeln hier gehört mir, und ich schenke es dem Eichhörnchen, das eben vor dem Fenster meinen vergessenen Lieblingsschal vorüberzerrt, den es gerade aus dem Gartenhaus geraubt hat.

Der Preis von Freiheit ist das Leben, auf irgendeine Weise richtet es sich zwischen Panik und Erregung, Lust und Fleiß ein. Die Erde beginnt zu beben, wenn das Telefon nicht klingelt und bricht sprachlos ein, wenn es dann doch klingelt und nichts zu melden hat als das Nichts. Nette Einladungen zum Damenkränzchen, unzählige Benefizanfragen (Künstler geben immer so gern ...). Nicht der Museumsdirektor aus São Paulo. Es ist immer diese Mischung aus Zufall und Glück, aus der Ruhm entwächst, und selten trifft sie Frauen, so sie nicht morgens um drei in der richtigen Kneipe am passenden Tresen mit dem richtigen Leuten trinken und lachen.

Und inzwischen versuche ich mich selbst der Welt zu schenken, meine ganze Liebe geradezu aufzudrängen, voller Inbrunst und Dummheit – aber die Ideale müssen gerettet, der Mut gestützt, das Lachen in neuen Beeten gezüchtet werden, da bleibe ich doch geradezu gern auf der Strecke. Zu oft schon hatte ich die erfolgreiche Ernte von Trost und Ermunterung gekostet, sie sogar nebenbei eingefahren, so dass ich Hundefutter, Farben, Leinwand oder Wein kaufen konnte. Und einmal die völlige Hingabe an geistige Freiheit gelebt, lässt die Suche danach mich nicht mehr aus dem gefräßigen Maul.

Ich fresse, saufe, greife gierig zu, da gibt es nichts zu jammern. Lustvoll beziehe ich meine Positionen; kompromisslos frech und vergnügt beginnt jeder meiner Gedanken. Auch wenn sie um sich kreisen, wenn sie sich durch Nebenräume und Dunkel taumelnd fortbewegen, es sind die meinen, und ich sperre sie in den Tuschkasten und ende im Chorgesang sperriger Pinselspitzen.

All die Abscheu in jedem abwegigen Blick, können Augenblicke tiefer durchs Bewusstsein fräsen? Täglich meine Angst vor Dummheit, Gier und Machtbesessenheit fangen und so verdaulich machen, dass meine Bildbetrachter sie auch wieder ausscheißen könnten. Das also sei die Berufung meiner Zeit: den dritten Weltkrieg verhindern, das Leid sichtbar machen.

Es ist entschieden zuviel des Vorsatzes. Um mich zu mäßigen, bemühe ich mich um Humor und Gelassenheit – aus der Farbtube. Die Feigheit will überwunden sein, der Wahrnehmung mit Aufrichtigkeit begegnet. Ich will mich was trauen. Es passt nichts zusammen, auf dass es dekorativ genug würde, um in Beliebigkeit unterhaltsam zu sein. Nein, ich unterhalte nicht, ich male. Es ist der Widerspruch, der mich lachen macht, also verzichte ich auf den Versuch der Verneigung und bleibe, wo ich bin. Hier, wo ich tief in meine inneren Räume eintauchen und die dort unbedacht abgelegten Dinge wiederfinden kann.

Alten Erinnerungen darf ich begegnen, mit den Prophezeiungen meiner Zeit untergehakt und all den unerzählten

Bildern aus den Augen meiner Gesprächspartner, ihre Geheimnisse ausplaudern, die Körpersprache oder Augenausdruck preisgaben. Geschichten von Verzweiflung und Verlust, von Lügen oder Verrat, vom Übermut übersprungen. Und ich sehe sie alle, gegrillt in der lauwarmen Langeweile depressiver Gleichgültigkeit. Manche sprühen, andere sind vereist und begegnen nun schutzlos der Fantasie und Hemmungslosigkeit dieses Augenblickes.

Kleine Sonnenstrahlen untertauchen die Wolkendecke und blinzeln mir Inseln von Leuchtwerk über Hand und Bild. Wassertropfen, kleine Prismen aus Regenbogensaft benetzen meinen Blick. Nein, die Idylle darf meinen Blick nicht versüßen. Zuckerguss und Sturmpeitsche, Utensil der Eifelmaler, versuchen wieder und wieder meine Wahrnehmungen zu betören. Das Jongleurspiel sieht vor, all die Süße, Schönheit und Weite als Lockstoff für den Schmutz des Wegsehens nutzen. Hineinstürzen will ich die Betrachter. Grausamkeit kauert neben dem Kitsch auf der Palette, während ich mich loslasse von allem, was ist.

Das ist die Balance zwischen Himmel und Hölle, von der Marta sprach, wenn ich als kleines Kind in ihrem Atelier saß. Die »Neuen Sachlichen« wussten darum. Dort lernte ich, dass das Atelier der Ort ist, an dem alles erlaubt ist. So wurde es mein Paradies.

Meine Malerfamilie mochte noch so verbissen versuchen, mich vor der Droge des Kunstschaffens fernzuhalten. Sie ahnten, worauf ich mich einzulassen bereit war. Mit wissentlicher Sturheit habe ich mich in eine Welt geworfen, die gar nicht existierte und die ich nun mit jeder neuen Arbeit aufzubauen beginne, wissend um die Utopien von Vermessenheit.

So fahre ich fort, weiche Wasser an gierige Mäuler zu führen. Lasse ihnen Wesen und Gestalten entsteigen zwischen Nebeln von Hoffnung und dem Wissen der Steine, der Rache der Wälder, der Zartheit domestizierter Gebisse aus Gartenzäunen, lasse sie einsam wandeln und warten, wo nie ein Zug, ein Taxi sie aufnehmen wird. Wo aus Tunneln Zungen schießen und die Steine von Stonehenge Zeuge stehen. Da lasse ich sie ganz allein, damit sie lernen. Stattdessen paaren sie sich, entzünden Lichter, auf denen sie Leichen braten und verbeißen sich in sich selbst. Das Rückgrat der Gebirge ist nichts als ein Zopf, der längst abgeschnitten wurde, die neue Moderne zu feiern.

Die Pferde scheuen, wenn der Berg grollt. Es scheint so schön der Schein und gerät zur geistlosen Schlacht der Geister. Ruhig und friedlich in Himmelsblau, wo sich die Plateaus monden und Gemäuer im Sternenlicht versilbern. Mich distanziert die Malerei von allem, je klarer sie mich sehen lehrt, was niemand sehen mag, außer den Außenseitern.

Phytalogrün auf meiner Nase, Neapelgelb sind meine Brauen. Mehr und mehr werde ich selbst zum fertigen Anteil des ganzen Werkes. Während all der Grübeleien wächst es mir kraftvoll entgegen und nimmt den Atelierraum, mein Gehirn und meine ganze Seele für sich ein. Als verändere sich nun alles, mit dem letzten Pinselstrich. Nun, da das Unaussprechliche gemalt ist, kommt eine ruhige Leere zu Gast, die mich umfasst wie eine bescheidene Weise und endlich nach Hause zu Bett zu bringen scheint nach einer langen Wanderung. Friedlich, im Dunst von Malmitteln daheim, in Stille gebettet, kann ich zurücktreten und schauen, bis meine Augen brennen.

4

Die Tore nach draußen öffnen sich wieder, und die Umgebung beginnt, mir ihre Bedeutung zu vermitteln. Ich empfinde Chaos und Ordnung, mittendrin vier Schildkröten, die sich um den ersten Löwenzahn zanken und die Hunde von ihrem Ofenbett verjagen. Da draußen ist meine Eifel, mit der köstlichen Luft, den weiten Himmel nur von Flugzeugkondensstreifen seziert. Ein sicheres Zuhause, von dem aus ich nun meinen Blick möglichst unbefangen in die Tiefe, in den Abgrund meines Gemäldes zu werfen versuche. Zwei Welten begegnen sich, von denen keine surreal und erfunden ist und keine die Wirklichkeit. Ich stehe dazwischen, versuche zu vermitteln, dirigierend und sehr einsam.

Die Konzentration auf die Welt vor mir lässt mich nicht aus. Wie nach einem Traum von Paradies, Liebe und Leidenschaft tauche ich immer wieder zurück ins Bild. Trete neben mich, um meine Reaktion zu prüfen, dann wieder zur Seite, um festzustellen, ob ein Krümel Pigment, ein Tierhaar oder eine Vogelfutterhülse die Oberfläche stört. Ein Glanz soll es sein, schimmernd glatt wie eine Wasseroberfläche und ebenso tief wie ein See.

Fein vernetzt und verwoben wünsche ich mir die Pigmente, knotenlos und seidig wie ein junger Busen. Wenn ich selbst davor Positionen einnehmen kann, erwarte ich, meine Abgründe zu sehen, mit allem, was malbar war für mich. Aus der Entfernung suche ich die Schatten und Nischen, erwarte ich, dass das Thema sich geradezu aufbrechend dem Betrachter entgegenwölbt.

Jede Enttäuschung wird auf und davon gemalt. Armes Bild, ich bin unerbittlich in der Gier meiner Erwartung mit mir selbst. Zu gut erinnere ich mich an das Gefühl der Enttäuschung, wenn es am nächsten Tag im Morgenlicht wie ein ganz normales Tafelbild an der Wand lehnte, ohne dass mein Boden bebte.

Umgekehrt erlebe ich auch, dass mir eines meiner Bilder in einem völlig anderen Zusammenhang begegnet und ich selbst stutze, weil ich mich frage, was für ein außergewöhnliches Bild mich da aus dem Hintergrund eines Fotos oder Raumes anschreit. Kraftvoll und geheimnisvoll über den Köpfen einer Menschengruppe sitzt meine »Kassandra Offshore« auf kopulierenden Steinen und ermutigt mich. Tiefstes Blau, blutiges Rot, in weiterer Ferne ein Nebel, der die Hand zur Hilfe reicht und immer zu spät vor Ort sein wird, niemals griffig.

Und so bleiben die Schreie dunkelrot. Das soll ich geschaffen haben? Stille Freude und Wonne berühren mich, und ich strecke meinen Rücken höher. Was für Bilder ich male, die so einzigartig singen und zerstören können. Ich werde sie nicht verkaufen, der Kunstmarkt hat sich nicht auf mich eingestellt. »Old school«, werden sie murmeln und vorübergehen. Natürlich schmerzt es, sich so etwas eingestehen zu müssen, aber ich weiß, was gut ist, und meine Bilder gehören dazu. Ich stampfe mit meinem buntbekleckstem Stiefel auf, den Pinsel zwischen den Zähnen, ich bin nur ich, das aber richtig!

Und nun fahren letzte Glanzlichtpunkte von links ein. Wie ein Sturmgewitter überziehen sie das Bild, einige Schönheiten verschwinden fast im Dunst geheimnisvoll gewunden. Im Dunst der Düfte nach Leinöl, Malmitteln, Terpentinöl, Dammar und Pinselseife, gekrönt von einer Brise Nitroverdünnung schwindelt mir im Größenwahn des Schöpfens wahnsinnige Freude durch den Kreislauf.

Im Taumel der Unsterblichkeit, im Rausch des Schaffens der Müdigkeit so nahe. Jetzt einschlafen, träumen, inmitten des Schwankens vor Orientgrün und lichtem Ocker auf mohnroten Wolken.

Dabei wollen meine Schaffenshände ganz anders. Sie beginnen zu fliegen übers Bild. Finden eine falsche Spur, einen zerrissenen Finger, wo er nicht hingehört, sie jagen einen bräunlichen Malmitteltropfen, ein zu großes Ohr. Sie hören nicht auf zu flattern, immer schneller. Finden sich wieder an einer allzu lieblichen Locke, an einem spitzen Schweif, der zu hart und verletzend vor einem Körper steht.

Sie wenden, drehen und überholen einander. Detektive auf der Jagd nach dem Übel. Sie werden schneller fündig als meine Augen. Eine Brücke, die schweben sollte, wirft die falschen Schatten. Dort wiederum ist eine Wimper zu schwer auf der Wange verankert und wirkt wie eine Narbe. Schräg gegenüber sitzt eine Halsbeuge zu tief.

Benommen und staunend folge ich den Fingern, die ihre Arbeit tun, während ich trunken von Geruch und Müdigkeit kaum zu folgen vermag. Ich lasse mich darauf ein, denn sie wissen, was zu tun ist. Es sind die Hände, die zu mir gehören. Farbverschmiert, stark und doch klein, schlank und in die Jahre gekommen, meine beiden Schmetterlinge. Sie wissen genau, was sie wollen, wenn sie einmal freigelassen sind. Wenn diese Hände beginnen zu dirigieren, tut die Malerei gut daran zu gehorchen.

Es gibt auch andere Tage. Da quält mein Verstand den fetten, öligen Farbbrei. Selbst einzelne Pinsel beginnen widerborstig zu schmieren. Die Eckhaare abgespreizt vereiteln sie jede vernünftige Linie, geizen mit Geschmeidigkeit in Klumpen. Vor mir droht ein nahezu unübersichtliches Getümmel, fern der Vernunft der Phantasie. Fettklumpen stürzen mit meinem Mut.

Diese Tage sind selten, aber zu oft habe ich diesen Albtraum schon erlebt, um ihn nicht zu fürchten.

Oft verselbstständigt sich meine Bildsprache, sprudelnd gleich Hunderter Champagnerperlen. Dann stehe ich staunend davor und rufe Farben auf. Während meiner Selbstgespräche und Gedanken, dem Belauschen der Ateliergeister, weiß ich mir kaum zu helfen vor Fülle. Wieder und wieder suche ich die Ordnung und ergebe mich doch meinen eigenen Händen. In dem Aufmarsch innerer Bilder und Beobachtungen bleibe ich selbst staunend zurück, berauscht von Farbbegegnungen hinter der Leinwand. Und dann kommen die Tage, da werde ich in der Grundierung zurückgelassen, so selbstbewusst entscheidet sich eine Form, gibt sich eigenständig die Farbe. Fast, dass ich nur noch signiere, überrascht und zweifelnd.

Wenn ich jedoch um eine Arbeit kämpfe, wird es ein hartes Ringen. Wir küssen nicht, wir streiten. Die begonnene Arbeit straft mich zurück, wir quälen uns an unserer Beziehung. Farben verhärten sich, mit Klumpen bewaffnet am Pinselhaar, und die errungenen Aussagen bleiben dünn und verlassen in meinen eigenen Wünschen stecken. Es gibt keinerlei Rettung, als mich aufzugeben.

Verbissen geize ich dann mit meinem verworrenen Plan, probiere und krakeliere durchs Niemandsland der Farben und Formen. Immer wieder ziehe ich mit dem Spachtel die Spuren aller Beweise vom Segeltuch, schenke mir neue Versuche. Fast ist es so, als überlegte ich in diesen Momenten, was ich besonders schön malen kann, rufe mein Handwerk händeringend zu Hilfe. Immer wieder Schichten und Stapeln von hohlen Malhülsen, und die Qual daran verrät mich.

Ich bin gewöhnt, dass die feinen Pinsel den Farbteig betören und davon kosten, bis sie zur Tat kommen, lustvoll und exhibitionistisch, für alle Augen sichtbar, auch mein Können. Und weil jedes einzelne neue Bild immer wieder von Neuem angegangen werden muss, fürchte ich diesen Tag bei jedem Beginn, graut mir vor solchem Ende. Zu verführerisch wartet das Scheitern hinter der nächsten Ecke. Doch hier und jetzt erhalte ich die großzügige Belohnung, weil meine Hände gesiegt haben: Meine Malerei hat die Oberhand über mein Unvermögen behalten.

Ich spüre Müdigkeit, Erschöpfung. Oberflächliches Händeabwischen und eine Pause. Jetzt am Nachmittag gönne ich mir die Freiheit großer Wolken, schützender Wälder und freier Wiesen. In meinem Zuhause ist die Nordeifel die Gastgeberin meines Lebens, reich an köstlicher Atemluft und Frische, bereit meine Malmittelnase zu lüften, die Erde zu meinen Füßen mit neuem Leben zu punktieren.

Frei laufen, ohne zu schaffen, um der größeren Künstlerin zu begegnen: der Natur, Lehrerin von Lastern, Geduld und Grausamkeit an der Schönheit ihrer selbst, brüchig- unbeirrbar in ihrer Würde. Hier zu leben macht mich leicht und lächelnd, weil die einsame Landschaft weniger reglementierte Spielregeln aufstellt. Die schnuffelnden Hunde schwärmen voran, die Schweife schwenkend, wie Fahnen zu Lebensfreude.

Mit mir spreche ich lautlos ab, was zu bedenken wäre; mit der Umgebung relativiert sich meine eigene Bedeutung. Der Wind fährt mir durchs Haar, der Sprühregen legt mir eine feuchte Erfrischung über das Gesicht. Im Takt des unermüdlich arbeitenden Eifelspechts wechseln die Impressionen von bizarren Wurzelformationen zu zartaufleuchtenden Schirmen aus Farn über tiefen Moosen, gesternt, gefiedert oder wolligweich.

Über den Wipfeln zieht der Himmel Schlieren aus gelbrandigen Weißtönen und blassrosa Tuff über sein Gesicht. Wolken in reichem Delfter Blau, das ins Violett zu stürzen drohte, wären nicht Gold und Orangeränder im Weg. In den Sonnenstrahlen, die in ganzen Bündeln herabstürzen, wohnt ein heiliger Ausdruck malenswerter Andacht.

Nur wenige Meter von mir entfernt, auf einem gewaltigen Wurzelgehölz von erregender Architektur, erhebt sich ein Reh. Die Hunde haben es nicht bemerkt, und auch ich hätte es in seiner Reglosigkeit nie wahrgenommen, wäre ich nicht mit den Augen der Schönheit der Linien regenglänzender Strukturen gefolgt. Es ist ein Moment, der mich trägt und hält. Dies hier sehen und leben zu dürfen, bedeutet: reich sein. Die Geduld der Hochzeitstänze der Weinbergschnecken, ein ferner Fuchs, der über eine weite Wiese schnürt oder der Milan, der über mir zirkelt.

Manchmal duftet der Wald mich an oder gibt Strenge vor, dort wo Wildschweine passiert haben. Düfte, Gerüche, denen ich folge, wie von geheimen Erinnerungen geleitet.

Schlammlöcher stellen sich mir in den Weg, manchmal rieselt neben mir ein Quell aus dem Bergfelsen. Schöne, bedrohte Wirklichkeit im Schatten eines maroden belgischen Kernkraftwerks. Zu wissen, dass hier nachts die Wilderer ungeschoren Blutopfer holen, Touristen in wenigen Wochen umherschwärmen werden, in unbändiger Naturbegeisterung nicht mit Müllresten geizend, macht den Wald nicht weniger unschuldig.

Ich verstehe die Eifelmaler. Ich verstehe die Sehnsucht nach Natur gemalter Reinheit, Frieden. All das ist nirgendwo, wo Menschen leben. Daher ist der Augenblick so kostbar und reinigt mich, läutert.

Wie im Gebet vergehe ich in Schuld, Andacht und Erkenntnissen. Lache mit den lustig umhersausenden Hunden, singe und entleere mich von Hass, Niedertracht und Missgunst. Wald reinigt, wo er nicht gefällt, beschmutzt und gestört wird.

Manchmal tauchen hinter den Wipfeln Hügel und Berge auf, gekrönt von kleinen Häuschen, gefangen und umgeben von Viehzäunen. Dann wieder eine verfallene Burg oder das Tempelchen, das ich nur auf dem Rückweg sehen kann. Es ist alles da, selbst Verkehrslärm von einer fernen Straße. Ein Campingplatz weit unten zu meinen Füßen. Er sieht aus wie ein Haufen Plunder aus Plastik, der eine eigene Aura aus Lärm und gegrillten Tieren verbreitet.

Wenn ich Pech habe, sendet er Urlauber aus, die mir mit angeleintem Pudel entgegenkommen und sich an mir stören. Bis dahin aber genieße ich die uneingeschränkte Freiheit und laufe mit ausgebreiteten Armen unter Eichen, während Zecken nach mir fassen, sich kleine Spinnen abseilen und die Vögel ein Konzert für mich geben, dessen einzelne Stimminstrumente von Hunger, Leidenschaft, und Rivalitäten erzählen, ganz die italienische Oper.

Immer neue Bilder, Aussichten, Tableaus aus dem Wachsen von Hoffnung auf Wachstum und Leben. Kampf um Fruchtbarkeit. In all dem Wachsen und Werden bleibt die Stille und putzt meinen Blick frei, wäscht Seele und poliert den Verstand. Gesund macht mich diese wilde Eifel, weil sie ungezähmt und ohne Eitelkeiten eine Bescheidenheit anmahnt, die in der künstlichen Kunstwelt keinen Ort hat, an dem sie sich tummeln darf.

Bewusstsein für den verletzten Regenwurm auf dem Weg; eine halb entwurzelte Jungtanne lässt mich die Hände mitfühlend ausstrecken. Über mir die singenden Winde, zu meinen Füßen ein Kosmos unter jedem welken Blatt. Das macht meine Bewegungen weicher und sorgsam. Selbst die Schritte wählen achtsamer ihren Weg. In Demut lässt sich von allen Anforderungen ausruhen, in Hingabe an das Leben und Sterben hier draußen, wo sich gerade voller Grazie mit der Geste einer Balletttänzerin, die einen Arm dem Publikum entgegenstreckt, ein Farn zu entrollen beginnt.

Nein, ich werde niemals diese Welt abzubilden trachten, die so vollendet im Chaos der Vielfalt auf sich beharrt. Verteidigen will ich sie, mit flammendem Pinsel und frechen Reden. Konsumierbar soll sie nicht sein, doch achtbar, das würde mir gefallen.

Droben, am Nationalpark, dem streng gehüteten touristischem Kleinod, da wird der Wald belogen. Tourismus ist eine Zauberformel, wenn es um das Überleben geht, wie die Wirtschaft es mag. Eine Seifenblase, die nichts achtet außer ihrer perfekte Vermarktbarkeit.

Auf meinen Wegen scheint die Erde echter zu sein. Selbst die kleinsten Tiere scheinen mir in besonderem Stolz zu kommen. Maler gehören auf ihre Seite, denn Freiheit, wie mir scheint, ist Verantwortung zu ihrem Erhalt.

Ein freches Eichhörnchen ärgert die kletterunfähigen Hunde, bewirft sie von sicherem Eichenast aus mit einer Nuss. Eine kleine Maus wittert Gefahr und huscht einer Amsel im Blätterboden in die Quere. Himbeerzweige senden Triebe um meine Fesseln, von Brennnesseln angefeuert und bestärkt.

Mein Atem wird gepresster, der Anstieg kostet Kraft. Durch die langsamere Gangart sehe ich mehr. Immer neue Schönheit unter Wurzeln. Schlösser aus aufstrebenden spitzen Pilzen, die auf faulem, hellen Holz zu bersten scheinen, darunter der Eingang zu einem Fuchs oder Dachsbau. Morschem und Brüchigem entwächst neues Leben. In Nisthöhlen, unter Zweigen oder den Tannennadelbetten wartet Zukunft auf Leben. Ein satter Reichtum von Frische im Wahnsinn meines persönlichen Dramas, der Zeit, dem Jahrhundert, in dem sie die ganze Erde ausverkauft und gefressen haben werden.

Wieder komme ich an der Schlosskirche an, dem Habitat der Kauze. Wieder sind die Füße feucht, die Waden zerkratzt, die Hunde schmutzig. Wieder bin ich müde und sehr glücklich. Ich bin nach jedem Gang durch die Eifelnatur eine andere, reichere. Sauber und klar.

Die alte Eichentüre klemmt, aber der Geruch meines Tagwerks empfängt mich mit der unverwechselbaren Mischung aus Farbe, kaltem Kaffee und altem Eintopf. Papageienlitaneien mahnen mich an Pflichten, aber die müssen noch warten, ihren Schrecken über mich zu werfen.

Im Dreck des Ateliers dokumentieren sich Kampfspuren. Offene Tuben, Paletten, die ganze Bergmassive aus getrocknetem Farbteig balancieren, gesprungene kleine Landschaften aus Bildideen. Überall stehen Glasschüsseln, in unkenntliche Farbschichten gehüllt und geradezu dekorativ getrocknet. Mallappen, wie eine Wolkenformation aus Geruch, trunkenem Übermut und Farbsprenkeln tamponieren den ganzen Raum zu einer weichen Fantasie in Terpentinöl.

Wenn es so ist wie jetzt, bin ich zufrieden. Jetzt würde ein Wischen des breiten Grundierpinsels über den Boden ausreichen, und auf der Leinwand sprängen Farben daraus auf und begännen zu klingen.

Ein stolzer Schmutz grinst mich von meiner eigenen Nasenspitze bis zu den Zehen an. Gleichzeitig aber ruhen schon müde Pinselfrisuren auf gewärmten Haushaltstüchern; nach dem Reinigen mit Malerseife in Babyshampoo entspannt, glänzen die Spitzen noch nach über 30 Jahren harter Arbeit. Die Spachtel blinken aus ihren Fächern scharfkantig, und die köstliche Luft, die von draußen hereinweht, reinigt meinen abgestumpften Geruchssinn. Mein Mantel gleitet zu Boden und inszeniert sich mit Wanderschuhen und Maleimer zu einem Stillleben.

Momente von innerem Größenwahn und Albernheit begegnen Zweifeln in ein paar Tanzschritten. Reiche Fülle in jedem Winkel des Kopfes kann den Überblick versperren. Nicht jetzt! Ich wende mich zum Tisch am Westfenster, auf dem Nachmittagslichtbündel über weißen Büttenbögen beben. Albern zucken sie unrhythmisch im Wind, wenn sie die Schatten hetzen. Jetzt ist Zeit für Gefühlsmalerei: Aquarell. Licht bittet zum Tanz, und Farbe nimmt an.

All den Menschen, die zu mir kamen, um mich nach ein paar Tricks zum besseren Bildgelingen befragten, möchte ich jetzt zurufen, wie es wirklich ist, wie leicht. Nur ein Leben lang arbeiten, probieren, kämpfen und scheitern, mehr ist doch gar nicht nötig! Plötzlich ist es genau so: Ich werfe einen Schwung weiches Wasser auf das Papier und lasse den mit einer beliebigen Farbe vollgesogenen Pinsel darauf nieder. Manchmal verbeugt er sich nur, dann wieder knickst er mit ausholender Theatralik.

Wie Mustangs lasse ich noch zwei komplementäre Farben dazuspringen, und aus dem weißen Blatt taucht die Geschichte auf. Geboren aus der Dramatik malerischer Tiefen verkündet sie mit Leichtigkeit und Lust befreiend und undiszipliniert ihre Aussage.

Vor mir erscheint ein gemalter Orgasmus. Ich muss ihn mit Bewegung in Tiefrot und Echtorange nähren, mehr ist nicht zu tun. Lustschrei aus lila Atem und blau kühlem Urzustand. Gespannte Glieder, zitternd hingegeben ins lichte Goldgelb, Safran, Zitrone, dahinter leuchtet das weiße Büttenpapier. Dann eine Explosion in Echtrot und Frechheit. Über hingebungsvollen Reizen tastende Ausläufer, die sich nacheinander ausstrecken und Verschmelzung suchen, wo immer sie nur grenzenlos fühlbar sind. Später, nach dem Trocknen, werden sich ohne mein Zutun kleine, ziselierte Farbkränze bilden, die jeden Übergang bizarr hervortreten lassen.

Nichts hören. Nichts sehen. Nur fühlen, den bebenden warmen Strömen folgend. Mit dem Föhn treibe ich den Eigensinn dazu, aus dem Rahmen zu fallen. So leer gemalt wie ich heute bin, werde ich von allen Farben respektiert und mit Achtung befolgt. Jetzt gelingt alles ohne Zutun. Die Pinsel gehorchen meinem satten Lächeln, und es wird orgiastisch. In Ungehorsam schwelgen, den Reiz ohne Rücksicht reiten, querbildein. Und da kommen ja auch wieder meine Hausgeister, diesmal sind sie recht ausgelassen und loben mich, »Endlich traut sie sich« kichert es, »zeig es doch den Kleinbürgern, genauso!«

Ich wäre jetzt stolz, aber ich weiß nachts, wenn sie in meinem Atelier feiern, werden sie sich über mich lustig machen, mich verhöhnen. Grausige, intellektuelle Späße über den Malstil als solchen und den Inhalt im Besonderen treiben, aber jetzt bin ich stark genug, und es macht mir nichts. Leider taucht Beuys auf und schüttelt den behüteten Kopf: »Du malst noch! Das Tafelbild ist doch tot, überleg selbst!« Wie damals, immer noch höre ich ihn diese Worte sagen.

Und doch ...

Malerei –

Altes, von den Medien ungeliebtes Metier, überholt von virtuellen Visionärstechniken, von Fälschung, Imagination und Dekoration. Was willst Du eigentlich von mir, warum presst Du mich aus, verschlingst und ruinierst mich? Befleckst mir Kleidung und Computer mit Deinen altmodischen Spielregeln, die niemand mehr kennt?

Mein Blick fällt auf den Sekretär, auf dessen Holzplatte Rechnungen, Mahnungen und Steuerbelege liegen mit bunten Fingerabdrücken, die nach Angstschweiß riechen. Ich weiß schon, wie meine Geschichte endet, wie winzig meine Rente einmal sein wird. Ich kenne die Höchststrafe für Draufgänger ganz genau. Es ist nicht Trotz und Sucht, die mich verorten, es ist das Hohelied der Malerei.

Malerei vermag auszumalen, was vorhanden ist, aber sie bildet auch ab, was es nicht gibt. Malerei kann durch alle Welten und Zeiten streifen und von überall Gefühle mitbringen, die wir noch gar nicht zu fühlen verstehen. Sie vermag zu reduzieren, wo der Verstand schwelgen und verweilen will. Und zu provozieren, wo die Oberflächen schweigsam und verhärtet gemauert sind. Sie kriecht in Seelenritzen, die noch, der Programmierung weit entfernt, ungeboren sind und bäumt sich platt und plakativ auf, wo jede Bildschirmnorm endet.

Malerei spielt mit Zufällen, mit spröder Lust auf große Wahrheit. Demaskiert das Unbewusste fernab therapeutischer Maßnahmen, Ja, Malerei, Du kannst heilen. Trösten und ertüchtigen, verarbeiten und erregen, kannst Dich und Deine Produzenten verraten, Betrachter demaskieren. Malerei mit der Kraft des Fluches und des Bannens, die Du durch Wände brichst und Fenster verdunkeln kannst, weil Du unmittelbar aus der Seele schöpfst. Du ängstigst und verstörst die Dummen, Fundamentalisten jeder Religion verfolgen Dich, Diktatoren verlangen nach Deiner Vernichtung. Die Kleinbürger verängstigst Du.

Denn Dein wichtigstes Malmittel ist die Freiheit. Schrankenlosigkeit. Ungezügelte Phantasie.

So befriedigst Du Revolutionäre, Homosexuelle, Träumer, Denker, Intellektuelle, sogenannte Geisteskranke und Poeten. Du stärkst Bewusstsein, Kultur und Widerstand ohne Rüstung, dafür liebe ich Dich.

Du wirst für Werbung, für Kitsch missbraucht, eine Nebenwirkung, die tolerierbar ist. Ohne Netz und doppelten Boden stürzen Deine Sklaven ins Nichts, was sie uns lassen, ist Alles!

Malerei, Geliebte, Du hast mich reich beschenkt, mich jedem Geplapper und Getue abgerungen, um mich zu beflecken und zu erniedrigen, Und dann, irgendwann, hast Du begonnen, mir zu gehorchen, und wir wurden ein Paar. Du hast Geheimnisse mit mir geteilt und den Freiflug in die Welt des Sehendürfens geschenkt.

Nicht mir allein, allesamt haben wir MalerInnen diese Reise antreten dürfen, denn ab diesem Augenblick öffnet sich die Falltür zur eigenen Seele.

Wie oft haben Maler trocken und unverblümt die Zukunft gesehen? Vielleicht gehört nicht viel dazu, aber warum zum Beispiel fliehe ich die sichere Einkommensquelle des Portraits? Ich sehe das Modell, ob Mensch oder Tier an, beginne die Palette vorzubereiten, und wenn die Pinsel mit Haut und Haar gebadet sind, mein Blick sich auf Gestalt und Gesicht setzt, dann beginnt der Prozess des Sinkens.

Plötzlich befindet sich der Weg des Pinsels in den Windungen einer anderen Seele und beginnt Hochzeiten, die es noch nicht gab, aufzuspüren, eine drohende Krankheit und auch Tod.

Erschüttert sehe ich dann das Bild des Gegenübers in die Zukunft gleiten und kann nichts mehr tun, als es schweigend täppisch zu beschmieren. Meine Malerei kann ungeborene Kinder portraitieren, Katastrophen beschreiben, die gerade irgendwo auf der Welt stattfinden könnten und zwischen Wirklichkeit, Warnung und Lebenslust emotionale Brücken brauen.

Malerei mag mein Untergang sein, aber sie krönt mich auf den Händen von Kraft und Feinsinn, unendlich reich. Malerei ist die reich gedeckte Tafel von der Lust meines Lebens. So frech, stolz und fordernd, aus vollen Kübeln schenkend, in denen Lächeln kocht und tatsächlich unendliche Liebe.

Beuys sieht mich mit seinen freundlichen Augen und nickt nachdenklich. Dann deutet er mit meinem Malstock auf all die Bilder an den Wänden. »Politisch, bleib politisch.« Er betrachtet meine Tiere, den Computer in der Ecke und setzt sich auf den Graphikschrank neben Anton, der ihn nicht beachtet. Beide sehen mir kritisch zu, aber meinen Höhepunkt stört nichts mehr, auf dem Tableau der Leidenschaft befindet er sich schon im Landeanflug.

5

Es ist kaum eine Stunde vergangen, und vor mir beginnt ein Farbsee anzutrocknen, der, unmittelbar aus dem Schrei nach Leben erbrochen, Gestalt angenommen hat. Der Pinsel mit dem Glasgriff, haarfein, betont jetzt alle Informationen, die ich noch geben möchte. Er gibt den Schuhanzieher in die Siebenmeilenstiefel des Lustsehens und vermag eine Spannung zu nehmen oder zu zerstören. Heute betont er ein feingliedriges Schweben in unendlicher Fassungslosigkeit zwischen Vergessen und Gier nach Ewigkeit.

Die ganze Zeit über stehe ich (nicht sitzen), wiegend, wägend, mit Föhn und Pinsel. Sprühe Wasser mit einer alten Zahnbürste über das Bild, auf dass die dichten Stellen aufreißen dürfen, um Licht herein zu lassen. Ich spüre mit der Haarspitze des Pinsels einer Lust nach, die ich immer weiter treibe. In meinem Gehirn tollt Gelächter in Ocker, in Lila am Ende. Ein Schlusspunkt in Türkis glitzernd. Geöffnete Lippen, damit die Farbe heraus aufstöhnen kann, bis ihrem Luftzug die Strenge entweicht.

Der Kuss an der Leinwand war der Plan, der Ausschluss, kalkuliertes Konzept im Annähern. Der Orgasmus im Wasser, das Aquarell, löst mich aus der Härte des Kampfes in die Ausgelassenheit meines Augenblicks und tatsächlich, er verweilt auf dem Papier.

Ein paar Wasserseen auf dem Papier gehören abgetupft. Die Signatur und Titel dagegen getauscht, und dann liegt es schon vor mir wie ein im Wind getanztes Herbstblatt im Wirbel: Mein Geschenk des Tages an die sozialen Netzwerke. Ich bin gespannt auf die Kommentare, freue mich, etwas zu geben, ergötze mich an der Zeit und dem Sein vor einem Farbspiegel in Rottönen und Frauenbewegung. Schmunzelnd fotografiere ich das noch feuchte Blatt und stelle es ins Netz.

Schon leuchten die ersten Kommentare auf. Ich freue mich, heute Nacht werde ich sie lesen und beantworten.

Jetzt aber stelle ich mich in die Mitte meines Ateliers, lasse den Blick über meinen Tag schweifen und verabschiede mich vom liebsten Aufstellungsort meines Seins, von meiner Familie, allen Gespenstern, und sie wünschen mir Glück für heute. Nur mein Vater ist nicht da, ich bedaure das. Er war auf fast jeder meiner Ausstellungseröffnungen, er genoss die Atmosphäre. Jetzt muss ich alleine fahren und ihn vertreten, jetzt brauche ich starke Schultern.

Noch kurz verweilen, im Orangerot zwischen Mohn und Nagellackfarben. Blut und Wein. Jauchzen ohne Ende, denn die Lust erfährt eine kleine Ewigkeit. Die Uhr schlägt schwer herein, und ich fahre hoch aus der geborgenen Wahrheit meiner inneren Räume. Sie waren eine Leihgabe der Zeit an mich, doch in diesem Moment verlöschen sie wie eine Flamme im Luftleeren. Ich schwächle, möchte sie halten.

Da laufe ich schon die Treppe hinauf, die alte Treppe, voller Geschichten, denen nachzuspüren ich jetzt keine Zeit habe. Nicht jetzt. Jetzt beginnt meine eigene Vernissage, in einer Stunde, und die Meisterin wird zu spät sein, das wird mir mit kaltem Schrecken klar.

Unter der heißen Dusche laufen Rinnsale in blassen Farbtönen davon, nur die Ölfarben beharren auf unserer innigen Verbindung. Als das bunte Blut in meinen Adern ausreichend erhitzt ist, springe ich in coole Jeans, die am Bauch zwicken, ein uraltes Designer-Kittelchen, das einst so sehr Avantgarde war, dass es heute noch für mich arbeitet. Meine Augen verstecke ich hinter dunklen Kajalrändern, auf dass niemand anderes in meinen Augen seine Wahrheit zu spiegeln vermag.

Die Zeit reicht noch aus, meine Haarmähne halbwegs aufzustecken, ich benutze dazu die mexikanischen Sorgenpüppchen, um ein Statement gegen Trump zu manifestieren. Die buntgefleckten, alten Stiefel könnten gewollt sein, ich plane sie auf mich ein.

Jacke. Schlüssel. Los. Noch 40 Minuten bleiben mir Zeit bis zum Beginn der Eröffnung, und doch nehme ich mir die Zeit, noch einmal zurückzublicken auf meine Burg aus uraltem Stein, in der die Tiere schon auf mich zu warten begonnen haben. Meine Welt, das Paradies meiner Schwächen, mein Zuhause der Malerei, wo alles der Arbeit gehört, der wiederum ich gehöre, die ich bin.

Jeder Abschied von hier schmerzt mich, besonders, wenn es in die Fremde geht, in die Stadt, in der ich aufgewachsen bin und so viele Jahre zu Hause war. In den letzten Jahren habe ich sie gemieden. Keine Luft, kein Platz zum Atmen. Menschen, die in ihrer eigenen Bedeutungslosigkeit erstickten und jeden um sich herum mit in den Abgrund der Provinzialität rissen. Ich bin geflohen, als meine Fernsehgalerie, ein neues, innovatives Konzept, eingestellt wurde, kaum dass sie erfolgreich wurde, kaum dass sie Fragen gestellt hat und selbst vor Kardinal Meisner nicht Demut zeigen wollte. Hier, in der vorgeblichen Kunststadt, konnte ich nicht länger sein. Und ich floh in die echte, wahre Provinz – hinaus auf das Land, wo ich mehr Möglichkeiten zum Kunstmachen fand, als mir in der Stadt je geboten wurden. Doch heute gibt es keine Ausreden, zu meiner Eröffnung muss ich hin und mein Lächeln mitbringen.

Ich springe ins Auto und versuche, den Steinschlag in der Windschutzscheibe nicht als Bedrohung wahrzunehmen. Die Tankanzeige liefert ein schwaches Bild. Wenn das Benzin reicht, ist es ein Wunder. Vom Berg aus sehe ich zwischen den Baumlücken noch einmal auf meine Eifelheimat, die sich bereits bettfertig gemacht hat.

Ein letzter Strahl der Sonne aus dem Abendhimmel, jede Farbpalette beschämend, bevor sie hinter den Ardennen zur Ruhe geht. Sogar das Haus, Schloss und Burgmauer, wie zum Schlaf aneinander gekuschelt, sehe ich. Nur eine Treppe führt hinauf zu meinem Himmelbett aus Büchern, zu meinem Horizont aus Bildern und denen, die mein Vater gemalt hat, inmitten des Krieges. Eine Treppe, die zu der Musik führt, die in mir spielt. Den Skizzenblöcken, Kissen und dem Kamin einer Welt, die nicht für Außenstehende wärmend sein kann. Blumen, meine Wasserstelle in der Wüste, mein Eifelbeinturm. Die grünen Läden winken, das Atelierfenster blinzelt mir zu und ist schon weg.

Wie im Traum lebt jetzt die teergraue Straße vor mir. Ein müdes Erschlaffen gleichgültiger Glieder und Anspannung zugleich treibt mich vorwärts. Kein Reh, keinen Dachs oder Fuchs übersehen, niemanden übersehen, der sich gehört. Das Dröhnen aus meinem Radio macht mir Party, überwindet die Angst. Wie bei einem Discobesuch wird es sein, ob meine Bilder zum Tanz aufgefordert werden, eine Beziehung auftun, der Galerist, wird er zufrieden sein? Es würde vielleicht bedeuten, er nimmt mich zur Kunstmesse mit...

Die Hoffnungen stapeln sich hoch auf, ich kann nicht anders. Ich habe Hunger. Im Sommer vielleicht eine Accrocharge? Themenausstellungen, Anzahlungen? In mir wirbeln wahnsinnige Hoffnungen auf, ich fahre immer sicherer und schneller. Von den Eifelhöhen herunterkommend sehe ich das Ende des Himmels: Köln! Dort, wo die Wolken in einer gräulich-unfarbenen Dunstglocke verschwinden, Ende von sternenbesäten weiten Zelten und Schattengeschichten.

Im Leerkanal der Autobahn geht es vorwärts. Immer weiter. Ich stelle mich ein, wie einen Radiosender. Scharf und klar, den Rücken gerade, die Wangenknochen hoch gepresst, das Kinn spitzer, mein Grinsen wird künstlich. Was hatte er gesagt? »Neustart in Köln?« Werden alle später essen gehen? Werden Häppchen gereicht? Ich stelle mir gerade veganes Sushi vor.

Das Wetter wird indifferent, der Himmel verschwindet in undefinierbarem Grau. Die Luft stickig, die Stadtgrenze ist nah. Jetzt beginnt die Vernissage, in genau diesem Augenblick, behauptet die Digitaluhr in meinem Auto, und ich stehe an Ampeln, warte Ewigkeiten an Kreuzungen, Schranken.

Natürlich finde ich keinen Parkplatz im belgischen Viertel. Während ich an der Galerie vorbeifahre, sehe ich die grellbeschienenen Silhouetten der Leute hineindrängen, meine Besucher. Immer wieder führt mich die Parkplatzsuche an ihnen vorüber. Nur ein kleines Eckchen, ein kleines Plätzchen, wo ich das Auto hinstellen könnte. Doch überall stehen sie schon in Doppelreihen, schräg in den Einfahrten.

Das fängt ja ganz großartig an, Kreise drehen ohne Unterlass. Warum fahre ich nicht einfach mit dem Auto in die Glasscheibe? Der Tank ist eh leer. An die Performance würde Köln sich bestimmt noch eine Weile erinnern und mich gleich nach der ersten, zarten Kontaktaufnahme wieder als aussätzig ausspucken, wie schon früher. Doch selbst diese Möglichkeit scheidet aus, zweireihig blockieren die Parker den Weg in das Schaufenster und damit selbst diese Chance auf einen Stellplatz.

Langsam bricht mir der kalte Schweiß aus. Immer wieder stehe ich an der gleichen Ampel, wie bereits die vielen Male vorher. Tippe besessen auf mein Handy ein, will rufen: ich komme, ich komme, doch niemand nimmt ab. Natürlich nicht, der Galerist begrüßt gerade die Besucher, Küsschen links, Küsschen rechts, wo ist sie denn? Ich weiß auch nicht, sagt er vielleicht, oder: Ach, die Künstler, Sie wissen doch.

Oder er erfindet er gerade eine idiotische Geschichte, die mich nachher als Trottel dastehen lässt. Immerhin noch besser als: Sie sucht gerade einen Parkplatz. Dumm wird mir, unkreativ, reizbar schaue ich auf alles und wähle ein beliebiges Halteverbot am Ende der Welt.

Wie besessen sprinte ich los, so schnell es möglich ist, zwischen Taschen und Beuteln, Kinderwagen und Grüppchen, Stühlen, hoffnungsvoll vor Kneipen gestellt, vorbei an Rauchern vor Cafés und Restaurants japsend, Passanten in Feierabendlaune wegschiebend. Vom Seitenstechen auf den Fahrradwegen vorangetrieben komme ich an.

Bremse, atme schwer.

Ich ringe nach Atem, denn das wird mein Abend, mein Auftritt. Den, für den ich das alles tue, oder?

Mit dem Gang, den ich mir hierfür bewahrt habe, trete ich ein, den Schritt einer Tänzerin und jede Pore pure Präsenz: Schätzchen, Liebchen, Küsschen in Luft und Laune und Hallöchen geradeaus. Düfte, unbequeme Schuhe, alles hat miteinander zu tun. Ich rudere verzweifelt durch mein Gehirn auf der Suche nach Namen, während ich in den Armen Fremder liege. Es scheint so unendlich weit zu meinen eigenen Bildern zu sein. Ich sehe sie, dominant und stark, in der Verlorenheit der Räume auf mich warten. Sie begrüßen mich, nicken mir freundlich zu, während ich mir wieder eine Schulter unter das Kinn klemme, von der ich zu gern wüsste, wem sie gehört. Ich bin nicht einsam.

Eine Stimme trägt bedeutungsschwer durch den Saal. Aha! Auf einem Tisch erblicke ich Salzstangen. Rettung! Beiläufig knabbern, damit der Magen aufhört, Laut zu geben. Der Redner vergleicht mich gerade mit Hieronymus Bosch und auch noch mit Dali. Ich mag ihn nicht, auch wenn er jetzt auf ökofeministische Tendenzen in meiner Arbeit kommt und mir Großes zuspricht. Aus dem Augenwinkel des Galeristen strahlt Zuversicht und Kompetenz, seit er mich, kussumringt, im Vorraum hat stehen sehen.

Ich trete nach vorn, bedanke mich mit einer einstudierten Mischung aus Arroganz und dankbarer Demut beim Redner und wende mich der duftenden Menge zu. Ich trete ihnen zwei Schritte entgegen, schüttle mein Haar, dass die Sorgenpüppchen beben, rufe erwartungsvoll blickenden Gesichtern mit freundlicher Attitüde eine wilde Frechheit zu, lache, neige mich, breite die Arme aus.

Gut. Die Handys sind oben, klicken, blitzen. Die Kölner Presse hat sich nicht herbemüht, aber für Online-Präsenz ist gesorgt. In der Eifel würde jetzt vielleicht noch ein Blockflötenensemble spielen, hier aber zählt nur noch der Verkauf, was ich durchaus goutiere. Die Harfenistin habe ich schon verpasst. Ich habe sie gerade grußlos vorbeihuschen sehen. Wahrscheinlich war sie beleidigt, weil sie sich nicht genügend gewürdigt sah. Mein Galerist, hochprofessionell, wuselt los und beschäftigt sich mit Klebefolie, auf der die roten Punkte ruhen, bevor sie unter einem Bild die Garantie für meine Kontoführerin werden dürfen, wenn ...

Ja, wenn. Jetzt kommt der Smalltalk, warmer Sekt und Kopfweh. »Lange nicht gesehen. Ja, unbedingt müsste man sich bald einmal treffen. Haben Sie denn schon alles für den Urlaub gepackt?« Ich neige unnatürlich den Kopf, ach, wie ich mich freue, dass man sich hier trifft und gut sehen sie aus, hallo und nein, sowas.

Ob meine Bilder hier stören? Wären nicht ein Haufen Sessel plus Laufsteg weitaus passender gewesen? Ich fasse mich, das hier ist Arbeit und ich muss durch diesen Abend. Kusshändchen werfen, Salzhusten unterdrücken, zuprosten. Auch wenn ich langsam Angst bekomme, dass jemand sich umdreht und sich erschreckt, weil auch Bilder da sind. Ein paar Jugendliche haben sich meinen kleinen Katalog geklaut, ich zwinkere ihnen verschwörerisch zu. Trotzdem legen sie ihn nicht zurück. Mist.

Jemand schildert mir die Stationen seiner Zahn-OP, ein anderer bringt seinen Leistenbruch ein, ein Ehepaar stellt mir ihre hoch talentierte kleine Tochter vor, die unbe-dingt in meinem Atelier malen müsse, man miete sich dann in ein Hotel in meiner Nähe ein. Mein Lächeln wird jetzt echt, denn Schleiden hält für solche Menschen keine Hotels bereit.

Ein älterer Herr mit saurem Atem lädt mich zum Abendessen ein, aber der Galerist hat schon etwas reserviert. Ich beginne ihn wirklich zu mögen. Die Bilder hängen gut, haben Raum zu sprechen, die Preislisten, elegant in weißen diskreten Mappen präsentiert, wirken kompetent. Am Eingang brütet eines meiner Aquarelle glücklich auf einem kleinen roten Punkt. Alles ist, wie es sein muss und selten ist: professionell.

Ich taue auf, bin nicht Vincent van Gogh oder Anton, der gerne seine Interessenten beleidigte. Charmant tauche ich in die Menge ein, lobe Mantelfarben, gut geschnittene Jochbeine oder Münder in voller Kompetenz der Sehenden. Ich lasse mir viel einfallen. Alle wollen sprechen, erzählen und bemerkt sein, auch Kollegen, in Kunstszeneschwarz, die umherziehen, so wie ich, damals, als ich mich wie die anderen von Galerieschnittchen auf Vernissagen ernährte.

Plötzlich ist er direkt vor mir und lässt mein Nackenhaar steigen. Unmittelbar vor mir ist Wolf. Toter Wolf, ein Halskragen ausgeraubt im Leben und Freiheit. Über seinem wundervollen weichen Haar aus Silber und Tiefumbraschwarz gestromtem Blaugrau türmt sich künstlich das Haar der herzlosen Trägerin, spraygefestigt stinkend in Nadeln gesteckt, und verhöhnt das gestohlene Leben, auf dem es steif anstößt.

Es tut mir unendlich leid um diesen Wolf, ich schäme mich für die Frau. Ich ekele mich vor ihrem gierigen Leben. Der Hass kommt kalt in meine Welt gekrochen. Ein Wolfspelz vor meinen Bildern! Mein eigener Atem presst sich höflich an mich, aber jede Haltung verlässt mich in Zorn und Wut.

Keine Szene hier, nicht jetzt, denke ich noch.

Doch die innere Stimme verhallt in dem Getöse der Wutschreie, die in mir toben. Schnell fingere ich aus meiner Jacke mit der Linken die Aufkleber, die dort immer auf ihren Einsatz warten. In der rechten Tasche die kleine Tube Pattex, wo andere Frauen einen Lippenstift tragen. Ja, es muss sein, schreien die Stimmen, tu es, und schon pappt er gelbzäh tropfend auf der schönen Wolfsbekleidung. »Nur herzlose Arschlöcher tragen Pelz«, und während ich gerade die Tube verschließe und zurückstecke, legt mir der Galerist seine Hand auf den Arm, mit der anderen dreht er den geschändeten Wolf zu mir herum. Wie aus weiter Ferne höre ich seine Stimme: »... vom Galeristenverband wäre ernsthaft interessiert, mit Ihnen ...« Weiter kommt er nicht. Das wichtige Arschloch vom Galeristenverband dreht sich um, schaut mich an und sieht auf den Stapel Restaufkleber in meiner linken Hand, während hinter ihr die Begleitung kreischt »Oh Liebes! Da hast Du was – iehhh!«, die Hand schon voller zäher Klebefäden.

Ich weiß, was sich gehört. Mit ein paar Windungen aus dem Gemenge bin ich schon an der Tür und wie mit einem Windzug draußen. Einen Hauch Unruhe zurücklassend, der sich zu einem Gewittersturm aufbläht, ein empörter Aufschrei, die Stimme des beruhigend beschwichtigenden Galeristen. Der entstehende Tumult ficht mich nicht mehr an. Die Pelzrechnung wird mich in die Unendlichkeit verschulden, der Galerist wird mich niemals weiterempfehlen.

An der nächsten Ecke bietet mir ein ahnungsloser Galeriehelfer eine Zigarette an. Ich nehme sie dankend an. Auf einem Stehplatz hinter einer Säule halte ich sie über die angebotene Flamme, ziehe den Rauch schmerzend ein. Langsam beruhige ich mich.

Der Abend hat die Stadt in mildtätige Dunkelheit gehüllt. Wo zum Teufel steht eigentlich mein Auto? Egal, das

Benzin wird eh nicht reichen. Ich habe Sorgen und Hunger. Aber ich fühle mich ziemlich gut. Ich muss nur noch zurück in die Eifel, irgendwie.